Ludwig Ganghofer

DIE FRONT IM OSTEN

ERSTER WELTKRIEG: FRONTBERICHTE VON DER OSTFRONT IN STAHLGEWITTERN

EK-2 MILITÄR

Druckhinweis:
Libri Plureos GmbH
Friedensallee 273
22763 Hamburg

Verpassen Sie keine Neuerscheinung mehr!

Tragen Sie sich in den Newsletter von *EK-2 Militär* ein, um über aktuelle Angebote und Neuerscheinungen informiert zu werden und an exklusiven Leser-Aktionen teilzunehmen.

Als besonderes Dankeschön erhalten Sie **kostenlos** das E-Book »Die Weltenkrieg Saga« von Tom Zola.

Deutsche Panzertechnik trifft außerirdischen Zorn in diesem fesselnden Action-Spektakel!

Ihre Zufriedenheit ist unser Ziel!

Liebe Leser, liebe Leserinnen,

zunächst möchten wir uns herzlich bei Ihnen dafür bedanken, dass Sie dieses Buch erworben haben. Wir sind ein kleines Familienunternehmen aus Duisburg und freuen uns riesig über jeden einzelnen Verkauf!

Mit unserem Label *EK-2 Militär* möchten wir militärische und militärgeschichtliche Themen sichtbarer machen und Leserinnen und Leser begeistern.

Vor allem aber möchten wir, dass jedes unserer Bücher **Ihnen ein einzigartiges und erfreuliches Leseerlebnis** bietet. Daher liegt uns Ihre Meinung ganz besonders am Herzen!

Wir freuen uns über Ihr Feedback zu unserem Buch. Haben Sie Anmerkungen? Kritik? Bitte lassen Sie es uns wissen. Ihre Rückmeldung ist wertvoll für uns, damit wir in Zukunft noch bessere Bücher für Sie machen können.

Schreiben Sie uns: info@ek2-publishing.com

Nun wünschen wir Ihnen ein angenehmes Leseerlebnis!

Moni & Jill
von
EK-2 Publishing

1.

18. April 1915.

Das Rauschen und Geklapper des Schnellzuges, der mich am Abend aus Berlin davongetragen, dröhnt nach einer sternhellen Frühlingsnacht in den graubeginnenden Tag hinein. Ich konnte nicht schlafen in dieser Nacht. Immer musste ich sinnen, immer den Dingen entgegendenken, die mich erwarten. Und jetzt, da es tagen will und über die Ferne, in der die Schlachtfelder des Ostens liegen, eine erste Verheißung der Sonne hin leuchtet, ist in mir eine seltsame Mischung von erwartungsvoller Freude, von Besorgnis und Hoffnung. Und immer wieder suche ich mir Rechenschaft darüber zu geben, weshalb ich auf die Frage, was ich zuerst im Osten zu sehen wünsche, die rasche und erregte Antwort geben musste: „Zuerst die Karpaten!"

Nur eine Stunde noch! Dann werde ich den Anfang ihrer Hügelketten sehen, den waldigen Zug der Beskiden. Dort war ich einmal, vor vielen Jahren, um einen Bären zu schießen. Gesehen hab' ich nur seine Fährte, geschossen hab' ich ihn nicht. Der Tag, an dem ich hinreiste, war freundlicher Frühling. Doch am Abend vor dem Jagdmorgen — ich glaube, es war am 3. April — begann es plötzlich mit großen Flocken zu schneien. Das ging so weiter, immer dichter. Drei Tage saßen wir im Forsthaus eingesperrt. Erst in der vierten Nacht wurde der Himmel klar. Dann lag der Schnee im Frühlicht beinahe mannshoch. Und in einer Jahreszeit, in der die ersten Blumen hätten blühen sollen, umbiss eine Kälte das Haus, das alles knirschte. Der Forstmeister schüttelte den Kopf: „Mit der Jagd ist es aus, Sie wissen nicht, was es heißt, jetzt da hinauf zu steigen. Sie kennen die Karpaten nicht!" Aber man fährt doch nicht von Wien den weiten Weg bis da her, um zwecklos wieder heimzufahren. Mein Gebettel erweichte den Forstmeister. Aus dem Dorfe wurden achtzig Leute gerufen. Die begannen vor uns einen Weg auszuwaten. Schon im Tal war's eine Mühe, die man nur mit Anspannung aller Kräfte überwand. Und rastete man ein paar Minuten, so bohrte sich der Frost in alle Knochen, dass man klapperte. Ich wäre am liebsten umgekehrt, aber da fanden wir in einer Waldschlucht die Fährte und den frischen Watweg des Bären. Das belebte mich wieder. Langsam, mit übereinander gebissenen Zähnen jeden Schritt erkämpfend, ging's über einen steilen Waldhang hinauf. Wer voraus watete, war nach fünf Minuten völlig fertig und musste zurückgenommen werden ans Ende des Zuges. Noch ehe wir die Bergkuppe erreichten, sah jeder von uns aus wie ein zerbrochener, um seine letzten Kräfte ringender Mensch. Und als wir droben waren, mussten wir nach kurzer Rast gleich wieder umkehren, wenn wir noch heimkommen wollten vor Anbruch der Nacht.

Manchmal, wenn diese eisigen Schneemassen mich jäh umklammerten, war mir zumute, als müsste ich mich hinfallen lassen, um vor Müdigkeit und Zorn zu heulen. Aber der Gedanke an den sinkenden Abend war wie eine Peitsche, die mich vorwärtstrieb. Man hätte eine Nacht in solchem Schnee und in solcher Kälte mit erfrorenen Händen und Füßen bezahlt, vielleicht mit dem Leben. Während die Dämmerung fiel und der Schnee in der wachsenden Kälte wie harter weißer Sand wurde, war mein Schritt nur noch ein Taumeln in völliger Erschöpfung.

Wenn ich hinunterbrach in ein Schneeloch, hatten viere an mir zu zerren, um mich wieder herauszubringen. Und daheim im Forsthaus musste ich, der ich doch wirklich kein schwächliches Mannsbild bin, zwei Tage liegen bleiben, mit lahm und starr gewordenen Knochen. — So kann in den Karpaten der „holde Frühling" sein. Und so ähnlich war es heuer da droben während der Ostertage, als die Österreicher, die Ungarn und unsere Feldgrauen den zähen Massenansturm der Russen abschlugen. Und wie muss es da droben erst ausgesehen haben in der richtigen Schneezeit, im tiefsten Winter? Bei diesem wochenlangen Liegen hinter den Schneewällen? Bei dem erbitterten Ringen um jeden Fußbreit der eisigen Todesmauer?

Immer denke ich an dieses mutige Leiden, an diese tapfere Mühsal, während die rauschende Fahrt mich der Front im Osten näher und näher bringt.

Der Morgen erwacht mit silbernem Funkelgesicht. Meine Augen suchen die gleitende Landschaft ab. Wie es drüben im Westen bei Dixmuiden für mich endete, so beginnt es hier: mit weiten Überschwemmungsflächen und mit Schwärmen von Möwen. Da drüben war es der Yserkanal, hier ist es die Oder. Auch außer dem Namen des Flusses ist manches anders: ich sehe keine zerstörten Gebäude, sehe auf den grünenden Frühlingswiesen nicht Hunderte von Kadavern liegen, sehe keine Spur von Verwüstung. Alle Dörfer sind unversehrt, jeder Acker ist angebaut, keiner ist durchrissen von einem Schützengraben. Auf einem Saatfeld, über das der Waldsaum lange hellblaue Schatten hinwirft, äsen vier zierliche Rehe. Und alle Dinge, die von der Morgensonne umfunkelt sind, scheinen mit goldenem Lächeln das Wort zu flüstern: Friede im Land. Etwas ruhesam Heiteres bleibt auch in den

Kriegsbildern, die nun beginnen und sich immer dichter aneinander reihen. Die Landsturmleute, welche die Eisenbahnbrücken bewachen, schreiten gemütlich im schönen Morgen hin und her. Auf einem großen Gebäude weht zwischen einer schwarz-weiß-roten und einer schwarz-gelben Fahne eine weiße Standarte mit dem roten Kreuz; in den Fenstern liegen genesende Soldaten, schwatzen miteinander und lassen von der warmen Sonne ihre geschorenen Köpfe umglänzen. Jetzt hält der Zug im Bahnhof einer kleinen Stadt. Den Bahnsteig erfüllt ein munteres und buntes Durcheinander von deutschen Feldgrauen, von österreichischen Graublauen und von ungarischen Husaren in roten Hosen — seit drei Monaten geschieht es zum ersten Mal, dass der Anblick von roten Hosen ein ungetrübtes Wohlgefallen in mir erweckt. Unter dem Soldatengewimmel, das gegen den Zug herandrängt, fällt mir ein allerliebstes Genrebildchen auf: Mars und Venus mit Nachwuchs — ein stattlicher Dragoneroffizier wird von seiner jungen, bildschönen Frau und zwei reisenden Kinderchen zum Kupee begleitet; der Offizier lacht; in seinen Augen funkelt die Freude; auch die schöne Frau ist heiter, nur ein bisschen bleich; und zärtlich hängen sich die beiden Mädelchen an den Vater, der auf seinem linken Arm ein kleines Azaleenbäumchen mit vielen blassroten Blüten trägt. — Auf welchem Karpatenbuckel steht die Reisighütte, in deren kaltem Dunkel diese Liebesblumen zwischen dem Neuschnee der letzten Nächte noch einige Tage blühen werden? — Sei barmherzig, du junger Frühling!

Der lange Zug ist überfüllt mit Hunderten von Soldaten, die in erneuter Gesundheit aus Lazaretten und Genesungsheimen gekommen sind, um sich wieder zum Dienst an der Front zu stellen. Jeder Wagen ist eine Stube voll Heiterkeit. Überall frohe Stimmen und fröhliches Lachen. Dazwischen ein Gesang mit fremdartiger Melodie und in einer Sprache, die ich nicht verstehe. Ein Tiroler Jäger, mit dem Edelweiß auf der graublauen Kappe, lehnt sich weit aus dem Fenster heraus und bläst auf der Mundharmonika — man kann das nur sehen, nicht hören; das Gerassel des Zuges verschlingt die zirpende Musik, die sehr schön sein muss, weil der Musikant beim Spielen die Augen so schwärmerisch einblinzelt. Ich glaube zu wissen, an was er denkt, und kann ihm seine Sehnsucht nachfühlen. — Ihr Berge daheim! Wann kommt die friedliche Stunde, in der ich euch wieder sehe? Nicht früher soll sie erscheinen, ehe nicht der werdende Sieg für uns vollkommen wurde! Sonst wäre die Heimkehr keine Freude, wäre Bitterkeit, wäre Schmach und Scham.

Immer an diesem Gedanken hängend, träume ich durch das offene Fenster hinaus in die von Sonne umflossene südliche Weite. Und da quillt mir plötzlich etwas Heißes in die Seele, so heiß, wie ein Glück ist, und so heiß, wie Schmerzen sind. Gierig spähen meine Augen. Hinter den fernen Wäldern und Ackerkämmen taucht eine lange, lange, dunkelblaue Woge mit weißen Schaumköpfen empor. Immer höher steigt sie dem Himmel entgegen. Nun sieht sie aus wie die starre, aus Saphiren und Opalsteinen gefügte Mauer eines Märchengartens. Jetzt gleicht sie einem riesenhaften, aus Silber und blauer Seide gewirkten Teppich, der über den Horizont gespannt ist als der Vorhang eines großen Weltgeschehens — der Gipfelstock der Hohen Tatra im Neuschnee und die lange, in der Ferne verschwindende Kette der Karpaten.

Ich kann nicht schildern, was mich durchzittert bei diesem Anblick und bei diesem Wort: „Karpaten!"

Aus allen Gedanken, die mich durchwirbeln, schreit mit der stärksten Stimme immer wieder dieser eine heraus: „Da droben — in Mühsal und Entbehrung, in Kampf und Not, mit treuer Ausdauer und zähem Beharren, in rauen Stürmen und auf steinigem Boden, zwischen dem letzten Schnee und den ersten Blumen — da droben stehen die unseren, Ihr und wir, die wir zusammengehören für den Sieg der Gegenwart und für die Ernte einer kommenden Zeit!"

Da droben — wo es so blau ist und noch immer so weiß — da droben stehen Ungarn und Deutsche. Österreicher und Rheinländer, Kroaten und Tiroler — eine Mischung von Heeren und Völkern, als wären die Bilder des Dreißigjährigen Krieges erneut — nur dass sich inzwischen unsere Welt auf dem Boden von Mitteleuropa ganz wesentlich gebessert hat: man steht nicht mehr gegeneinander, sondern hält zusammen, Stahl an Stahl, Schulter an Schulter und Herz an Herz.

In einem langen, harten und opfervollen Kriege werden drückende Bürgersorgen leicht zu zweifelsüchtigen und ungerechten Nörglern, Worte der Ungeduld zu stechenden Nadeln. In Gottes Namen, mag neben dem Großen auch das Kleine und Kleinliche nebenherlaufen, da alles Menschliche sich mischt aus Schwäche und Kraft! Es muss nur nach jedem vorschnellen Urteil, nach jedem törichten Wort und jedem irrenden Zweifel die aufhellende Stunde kommen, in der man gerecht wird und sich des Besseren besinnt. Solch eine Stunde der Klärung und des Verstehens ist über mich gekommen, jetzt, beim Anblick dieser weit in die Ferne gebauten Berge mit den blauen Brüsten und den weißen kalten Stirnen. Immer blicke ich hinauf zu diesem harten, menschenverschlingenden Kampfboden, auf dem die Unseren seit Monaten in Schnee und Frost erfolgreich gegen eine Übermacht der feindlichen Masse ringen, und immer muss ich wieder an die kurze nutzlose Spielerei meiner Bärenjagd denken, die mir in vierzehn weißen Stunden fast die Knochen zerbrach. Es mag wunderlich erscheinen, dass ich, beim Anblick der Karpaten und beim Gedanken an den gewaltigen Kampf dort oben, von einem kleinen persönlichen Erlebnis spreche. Den Umriss großer Dinge erfassen die Augen nicht leicht, aber rasch ermisst man den mahnenden Unterschied zwischen dem Kleinen und Riesenhaften. Um ganz zu fühlen, wie groß das Große ist, muss man es mit der Spanne der eigenen Hand messen, nicht mit Äquatorlängen.

Da hält der Zug. Ich kann mich den erregenden Bildern, die mich erfüllen, nicht entreißen und merke nicht gleich, dass ich das erste Ziel meiner Fahrt erreicht habe. Nun ein frohes Aufatmen — man empfängt mich so herzlich, dass ich fühle: hier bin ich in einer zweiten Heimat, nicht in der Fremde. Jedes Wort, das ich höre, ist wie ein warmes Umfassen meiner Hand, und jeder Blick, der dem meinen begegnet, ist ein ehrlicher Kameradengruß.

Es kommen zwei Tage, die mir eine Fülle kräftig ineinandergreifender Arbeit zeigen. Was ich erfahre und sehe, erklärt mir manche Dinge, die mir, da ich sie aus der Ferne betrachtete, nicht ganz verständlich waren. Jede Stunde nimmt eines von meinen vorschnellen und unzutreffenden Urteilen bei den Ohren, stülpt es um und stellt es auf ruhige Vernunftbeine. Von den reichen Eindrücken dieser beiden Tage, von den fesselnden Köpfen und Gestalten, die sie mir zeigten, werde ich noch erzählen. Heute stößt es mich vorwärts, heute treibt es mich, den Boden zu erreichen, den die unseren tränken mit ihrem Blut, und auf dem sie für unsere Zukunft ackern mit aller Zähigkeit ihres gemeinsamen Willens und ihrer vereinten Kraft.

Gleich die ersten Stunden der Autofahrt sind reich an Überraschungen. Was stellen wir, die wir Galizien noch nie gesehen haben, uns immer vor beim Klang dieses Namens! Die „polnische Lehmsuppe" wird mir, wenn wieder Regentage kommen, wohl nicht erspart bleiben. Aber was ich heute bei trockener Frühlingsluft und im Glanz der Sonne sehe, ist eine feine, graziös gezeichnete Landschaft, über deren südwestlichen Hügelwellen immer die blaue Kette der weißgekrönten Karpaten herüberblickt. Auf allen Feldern grünt schon die neue Weizensaat. Eng zusammengekuschelte oder langgestreckte Dörfer ziehen sich über die Hänge empor oder durch die Bachtäler hin, umschleiert von noch laublosen Obstbäumen. Dieser Schleier des Astwerkes gibt jedem Dorfe was Geheimnisvolles; alles ist braun und grau ineinandergewoben; dazwischen sieht man nur kleine weiße Flecken, die in der Sonne leuchten. Winzige Häuschen! Man begreift nicht, wie Bauer und Bäuerin mit ihrem Kinderschwarm, mit Kuh und Ziege und Schweinchen hier ausreichenden Unterschlupf finden. Die alten Hütten haben Strohschöpfe, ein paar neue sind mit buntem Schiefer gedeckt, alle Häuschen aus Holz gebaut, dessen Blöcke weiß oder blau getüncht sind. Das macht einen netten und freundlichen Eindruck. Hühner und Pfauenhennen huschen über die Wege, und fast in jedem Dorfe sieht man einen Storch über die Strohdächer hin schweben. Polen hat viele Störche, und sie scheinen fleißige Vögel zu sein — eine Konkurrenz, gegen die unsere deutschen Störche für die Zukunft energisch ankämpfen müssen; solche Arbeit ist manchmal unbequem, aber immer lohnend.

Heute, weil Sonntag ist, liegen die Dörfer in friedsamer Ruhe. Nur die Landstraße ist belebt; in langen Reihen wandern die Leute zu den kleinen hölzernen Kirchen. Die vielen weißen Kopftücher der Weibsleute sehen aus wie Zeilen von Gänseblümchen. Vor dem Auto flattern sie links und rechts über den Straßengraben, um dem Staubwirbel zu entrinnen; dieses fluchtartige Ausweichen ist immer von heiterem Gelächter begleitet. Zwischen den Bauern sieht man Gruppen von Juden in ihren schwarzen Langröcken. Hat man nach dem Weg oder sonst nach einer Sache zu fragen, so wendet man sich am besten an diese Lockenträger; sie sind freundlich und gefällig, antworten sachgemäß und sprechen fast immer ein gut verständliches Deutsch. Unter ihnen sieht man auch schöne, malerische Gestalten, während der Bauernschlag unschön und von grober Form ist; man entdeckt da nur selten einen gut gewachsenen Menschen. Der Patriotismus dieser Bauern scheint als Banner ein leicht drehbares Wetterfähnchen zu tragen — an zahlreichen polnischen oder ruthenischen Blockhütten hängt ein russisches Heiligenbild über der Haustür, als schützender Talisman für den Fall, dass die Russen, die hier schon waren, wieder einmal kommen sollten. Solche Vorsicht ist zwecklos; gegen das Wiederkommen der Russen haben die Ostertage in den Karpaten einen festen Riegel vorgeschoben; aber diese Verschwendung von Madonnen mit goldenem Heiligenschein und von moskowitisch geflügelten Engelsköpfen muss nachdenklich stimmen. Man erinnert sich dabei der empörenden, auf galizischem Boden allgegenwärtigen Spionage. Wer wird einmal in der Geschichte klarstellen, wieviel tüchtige Unternehmungen an der verhüllten Klippe des schleichenden Rubels scheitern mussten, aller Tapferkeit der Mannschaft, aller Umsicht der Führung zum Trotze? Und wer wird die Opfer zählen, die das kostete? Beim Anblick der Soldatengräber, die ich neben der Straße gewahre, befällt mich eine wühlende Erbitterung. Unwillkürlich muss ich die Hand des österreichischen Offiziers umklammern, der an meiner Seite im Wagen sitzt.

Immer langsamer, immer schwieriger wird die Fahrt. Ist der Sonntag, bevor es Abend wurde, verwandelt in einen Werktag? Die staubende Lehmstraße ist hin und her besetzt mit langen Proviantkolonnen, mit leichten, von Blachen überspannten Wägelchen, vor denen die kleinen galizischen Pferde, obwohl sie wie klapperdürre Katzen aussehen, unverdrossen und energisch ziehen. Schreiende Kutscher und scheuende Gäule. Immer wieder überholen wir einen Dragonerzug und marschierende Reserven. Alles hat Linien, die für meine Augen neu sind, alles hat seltsame Farben, und alles ist umweht von den braungelben Wolken des Staubes.

In dem ruhelos quirlenden Gewühl, das die Straße füllt, bleibt immer noch Ordnung. Manchmal scheint eine unlösbare Verwirrung den Weg zu verstopfen, aber schon nach wenigen Minuten ist der Knäuel wieder auseinandergezogen in zwei glatte Reihen, zwischen denen das Auto Raum findet. Jedes neue Dorf bringt eine Steigerung der kriegerischen Bilder, ein vermehrtes Soldatengewimmel zwischen den kleinen Häusern und den zu Gevierten aufgefahrenen Kolonnen. Feldküchen dampfen, und in jedem Bachtal stehen und hocken die Gruppen der Nackten und Halbnackten, die sich waschen und säubern. Zur Linken und Rechten der Straße, neben den Gewehrpyramiden liegen rastende Soldaten im jungen Gras, alle von gutem Ansehen, tadellos ausgerüstet, alle bei guter Laune, schwatzend und lachend. Und über alles funkelt die Sonne des leuchtenden Abends hin.

Das weite Gelände, das ich überblicke, ist Boden, der den Russen wieder abgerungen wurde. Hier haben sie, die sich unter Freunden fühlten, nicht allzu übel gehaust. Nur selten sieht man in den Dörfern einige Häuser, die kein Dach mehr haben und deren mit Kalk getünchte Balken zur Hälfte verkohlt sind.

Nun kommen die ersten Granatentrichter, ich sehe zerrupfte Hütten, und immer häufiger werden neben der Straße und an den Waldsäumen die Soldatengräber, deren Holzkreuze noch frisch sind, während der Hügel schon grün überwachsen ist — das Leben zieht immer wieder die Leichentücher des Todes fort und breitet seinen Frühlingsmantel über das Versunkene.

Schon mehrmals war es mir, als hätte ich unter dem Geratter des Autos ein dumpfes Dröhnen vernommen. Nun höre ich deutlich, ganz

in der Nähe, den Schuss eines schweren Geschützes. Und wieder fällt
mir das erwartungsvolle und freudige Beben ins Blut, das mich seit drei
Monaten an der westlichen Front auf jedem Wege begleitete. Der Wagen hält, wir können nicht weiter fahren, die Straße sieht unter feindli-
chem Feuer, und dort, wo sie hinübertauchen will über einen Hügelkamm, ist sie verriegelt durch einen gelben Wallstrich.

Junge Offiziere empfangen und begrüßen mich. Ruhe ist in ihren
braunen Gesichtern, die der galizische Winterschnee verbrannte, und
in ihren Augen ist heller Glanz. Ich schüttle die Hände, die mir freundlich gereicht werden. Und da bin ich nun wieder an der Front und bin
— ich fühle das in der ersten Minute — auch wieder in der Heimat des
geduldigen Beharrens und der festen, von keinem Zweifel angebisse-
nen Zuversicht, bin ferne von aller Ungeduld und ferne von allem un-
bedachten Wortgefechte, wie wir's zu Haufe auf den Bierbänken und
in den Teefauteuils zu klopfen lieben, nicht nur über die Gegner, auch
über unser eigenes Werk und über die Freunde. Ich weiß doch: wir
glauben tief und glühend an die Gerechtigkeit unserer gemeinsamen
Sache! Ist auch Gerechtigkeit in uns selbst? —

Eine sorgsam gebaute Deckung verhüllt den großen Motormörser,
dessen Schuss ich vorhin vernahm. Der Platz um ihn ist durchsiebt von
runden Erdlöchern mit zerrissenen Rändern. Ich sehe eine Reihe von
Graublauen, die wie unbewegliche Säulen stehen. Nun ein Kommando. Alles Ruhende wird rasche Bewegung. Und jetzt stehe ich bei
dem gelben Wall und schaue hinunter in das breite, herrliche Tal des
Dunajec. Neben dem Strom, auf einer Wiese, spazieren sieben Störche
zwischen schillernden Pfützen umher — das einzige Leben, das zu erblicken ist! Und auf dem anderen Ufer des Flusses, der im Glanz des
versinkenden Abends wie ein Blutbach zu rinnen scheint, klettern über
steiles Waldgehänge die gelben Zickzackstriche, die Stellungen der
Russen, zur Kappe des Berges hinauf.

Ein Dröhnen hinter uns, ein wildes Sausen und Heulen in der Luft.
Ich fange die Sekunden zu zählen an und zähle bis vierundfünfzig —
dann fährt auf der Höhe des feindlichen Berges eine riesenhafte
schwarze Garbe gegen den leuchtenden Himmel empor. Die Granate
des österreichischen Geschützes durchschlug das Dach eines russischen Unterstandes. Ich sehe da drüben für wenige Sekunden ein flinkes Gewimmel, wie von vielen winzigen schwarzen Flöhen, die entspringen. Dann ist alles verschwunden, alles wieder ruhig, alles wieder
öde. Nur die sieben Störche sind noch da. Und nach einer Weile rollt

der Donner des Granatenschlages durch die brennenden Lüfte zu uns herüber.

Vor meinen Augen ist das mächtige Tor des Krieges wieder aufgetan, der sich einhüllt in den Scharlachmantel eines schönen Abends.

2.

22. April 1915.

Wieder glänzt ein schöner Morgen, dessen reine Sonne die galizischen Wälder und Fluren schimmern lässt wie eine Kostbarkeit des lieben Herrgotts! Doch schon in den ersten Frühstunden qualmen alle Straßen vom Kolonnenstaub, in dem auch die roten Dragonerhosen grau werden. Drei Landsturmmänner bringen vom Dunajec[1] einen Trupp von etwa zwanzig russischen Gefangenen; der kleine Zug sieht malerisch aus, alle Gestalten sind blau vom Morgenschatten, sind mit goldenen Lichtlinien gesäumt und werfen lange Schwarzbilder über das Ackerfeld. Es sind kräftige Leute, gut gekleidet und gut genährt; jeder hat seinen Mantel oder eine wollene Decke; keiner ist verwundet, aber bei jedem, der vorne den Kittel und das Hemd offen trägt, sind Blutflecken an der Brust zu sehen — so zerkratzt sind die armen Kerle, so zerbissen vom Ungeziefer. Ihre Gesichter schauen finster und verdrossen; es lässt sich mit Sicherheit nicht feststellen, ob diese Misslaune der edle Zorn besiegter Helden ist oder nur das Unbehagen über die Insektenplage.

Der Zug verschwindet im Kolonnenstaub, und unsere Fahrt geht von Bochnia seitwärts gegen die Raba hin, zum Pferdespital, in dem die abgerackerten, von der Räude übel mitgenommenen Gäule kuriert werden. Vierhundert Patienten füllen die praktisch eingerichteten Holzbaracken. Die Kranken, die man einliefert, sehen zum Erbarmen aus, sind klapperdürr, können sich kaum noch aufrecht erhalten, sind überzogen von den seltsamen Arabesken des Haarfraßes und haben trübe, fast schon gebrochene Augen. Durch viele Wochen muss sich hier der gerechte Mensch seines Viehes erbarmen, bis die Kurierten aus der letzten Baracke gesund und mit klar gewordenen Augen wieder heraustreten. Das erste Heilwerk, das an den neuen Patienten vorgenommen wird, ist das Abscheren des von der Räude zerfressenen Haarpelzes.

Ich sehe zu, wie einem Eisenschimmel der Kopf und die Ohren rasiert werden; der Gaul hält unbeweglich still, drückt in Behagen die Augen zu und zieht das Maul von den Zähnen zurück, dass es aussieht wie ein Grinsen der Zufriedenheit — ein Bild, so komisch, als wär' es von Busch gezeichnet.

---

[1] Siehe die Karte von Westgalizien am Ende dieses Buches.

Der Krieg verschlingt so viele Pferde, das man noch unter dem Kanonendonner an reichlichen Nachwuchs denken muss. Im Beschälhofe bei Bochnia steht ein Lipizaner Zuchthengst, ein Schimmel, der so schön ist, dass man an die Silberrosse des Sonnengottes erinnert wird. Und wie fleißig man für das Erscheinen kommender Pferdegeschlechter sorgt, das ist im Fohlenhof zu sehen. Ein entzückendes Bild: wenn die Mutterstuten in der Sonne ihren Morgenspaziergang machen und die neugeborenen Füllen daran gewöhnt werden, sittsam neben der Mutter zu gehen. Verläuft sich ein Kindlein, so ist die Mutter noch viel aufgeregter als die Dragoner, die den kleinen Ausreißer wieder einsaugen. In allem, was zappelt und ein schlagendes Herz hat, brennt das Geheimnis der ewigen Liebe.

Neben dem Fohlengarten hört man ein vielstimmiges Muhen und Brüllen. Da ist der Schlachthof. Zu Hunderten schieben sich die fetten, braun und weiß gesprenkelten Buckel aneinander vorüber, und neben den gesenkten Köpfen der schwarzen Büffel ragen die ungarischen Ochsenschädel mit den mächtigen Hörnern. Das ist ein beruhigender Anblick. Die Graublauen in den Schützengräben werden zu essen haben. Und die zartesten Bissen, die aus dem Schlachthause kommen, wandern in die Lazarette.

Ich sehe das Typhusspital, darf aber nicht eintreten, nur durch offene Fenster hineingucken in saubere, von der Morgensonne durchleuchtete Räume. Es stehen hier viele Betten; nur wenige sind belegt. Reichlicher Proviant, verbesserte Unterkunft, mildere Jahreszeit, ärztliche Fürsorge und der Segen der Impfung haben zusammengeholfen, um der bösen Seuche fast völlig Herr zu werden.

Auch das Lazarett der Schwerverwundeten ist schwach besetzt. Stuben und Betten sind weiß, Operationsraum, Verbandhalle, Röntgenkammer und Apotheke von musterhafter Einrichtung. Das große stille Haus ist umgeben von einem Garten, in dem der Frühling seine Wunder zu wirken beginnt. Es geht mir wieder, wie es drüben im Westen immer war: wenn ich einem Arzt oder einer Schwester die Hand drücke, kann ich nicht reden, kann diesen rastlosen Schutzengeln des leidenden Lebens nur mit stummer Dankbarkeit in die Augen blicken.

Aber jetzt — Gott soll mich beschützen! — jetzt kommt eine Sache, die mir gänzlich neu und sehr unerquicklich ist. Wir stehen vor einem Hause, das ich erst nach einigem Zögern zu betreten wage. Die Entlausungsanstalt! Auf der Schwelle gruselt's mir über die ganze Haut, und mein Haarboden leidet unter hysterischen Symptomen. Aber gleich die Sauberkeit des Entkleidungsraumes beginnt meinen Epidermisreiz zu beruhigen. Im „Rasiersalon", wo den Patienten alles abgenommen wird, was Haar heißt, liegt nicht die kleinste Locke auf dem Boden, und die Raseure in ihren weißen Leinenkleidern sehen wie appetitliche Köche aus. Die Salbungshalle ist erfüllt von einer gar nicht unangenehmen Duftmischung aus Seife, Naphthalin und Anisol. Und in der Neubekleidungsstube — wahrhaftig, es gibt ein Wiedersehen schon auf dieser Welt! — stehen in Reih und Glied die zwanzig russischen Gefangenen, die früh am Morgen auf der Straße sehr übellaunig an mir vorüberzogen. Nun sind sie erlöst von allem Ungeziefer, stecken in frischen Hemden und Unterhosen, die von Vaselin glänzenden Gesichter lachen in breiter Heiterkeit, und in den friedsam gewordenen Asiatenaugen leuchtet ein dankbares Wohlgefühl, das ebenso innig, nur nicht so komisch ist, wie das Behagen des Eisenschimmels, dem die räudigen Ohren rasiert wurden. Ein beruhigendes Kulturbild inmitten aller Schrecken des Krieges! Ich bin überzeugt, dass die mitteleuropäische Zivilisation um zwanzig neue Verehrer bereichert wurde. Auch auf meiner eigenen Haut verschwindet der letzte suggestive Juckreiz — nun weiß ich: wenn iah im Laufe meiner östlichen Frontreise an diesem krabbelnden Leiden erkranken müsste, werde ich gründlich und schmerzlos geheilt werden. Kein Wunder, dass ich nach diesem Anschauungsunterricht mit einem Vorschuss von Dankbarkeit die zwei Entungezieferungsmaschinen betrachte, die dampfend und zischend im Hofe der Anstalt mit einem Druck von zwei Atmosphären und hundertfünfzig Grad Hitze alles vernichten, was in den Kleidern der Gefangenen als sechsfüßiges russisches Überläuferchen unsere Schützengräben überschritt.

Über löcherige Feldwege geht es hinaus zu einer Fliegerstation, die sich in einem Föhrenwalde gemütlich eingerichtet hat. Neben dem hübschen Blockhaus ist ein umzäuntes Gärtchen mit allen ersten Blumen des Frühlings bepflanzt. Und hier bekomme ich freundliche Kunst im Kriege zu sehen. Ein Freiwilliger, der von der Akademie entsprang und Soldat wurde, modelliert den Kopf eines Kameraden im Fliegerhelm. An Modellierton fehlt es in Galizien nicht. Wie überreich er vorhanden ist, das lässt sich auf der Weiterfahrt abschätzen. Die grundlose sumpfige Lehmstraße musste, um für Ross und Wagen passierbar zu sein, mit Tausenden von Baumprügeln belegt werden, Stamm an Stamm. Die Fahrt über diese Prügelgasse schüttelt einem fast die Seele aus dem Leib, aber man kommt doch vorwärts, früher blieb man stecken. Um das Versinken in der polnischen Suppe zu verhindern, musste ein großer Wald niedergeschlagen werden. Dem gestorbenen Walde hielt der Soldatenhumor eine Auferstehungspredigt — neben der von Astgewirr überschütteten Rodung, die keinen einzigen Baum mehr trägt, ist eine Tafel mit der Inschrift angebracht: „Das Fällen von Bäumen auf dieser Schonung ist streng verboten!“ Wie wohltuend ist ein Lachen, wenn man über ein paar Kilometer her die Kanonen donnern hört!

Der Richtung, aus der dieses Dröhnen her quillt, jagen wir in sausender Fahrt entgegen, tauchen in qualmende, den Hals beklemmende Staubwolken hinein und atmen wieder auf zwischen grünen, von der Sonne beglänzten Waldhügeln.

Wieder die polnischen Dörflein, die schwebenden Störche, die endlosen Kolonnenreihen und die vielen, neben der Straße rastenden Truppenzüge. Vor einem Häuschen sehe ich vier halbnackte Kinder eifrig damit beschäftigt, kleine Stäbchen in den Boden zu klopfen und mit Bindfaden zu umflechten — der Krieg hat ihnen einen neuen Zeitvertreib gegeben — sie spielen „Drahthindernis“. Aber die Landschaft des Krieges verfügt auch über minder freundliche Bilder: überall an der Straße haben die hungernden Pferde im Winter von allen Alleebäumen die Rinde heruntergeknappert. Auch die packendste Soldatenerzählung vermag den harten Lebenskampf und die Entbehrungen, welche die Truppen in Galizien während der vergangenen Wintermonate zu überwinden hatten, nicht so überzeugend darzustellen, wie es der stumme Todesgesang dieser abgefressenen und klaglos sterbenden Bäume fertigbringt, die auch im wärmsten Frühling nimmer erblühen werden! — Und wir daheim, wir saßen unter sicherem Dach in geheizter Stube und beim gutbestellten Tisch und schüttelten missbilligend die Köpfe über das unbegreifliche Siegeszögern in Galizien! — Jeder schmale, mannslange Grabhügel, den ich neben den kahlgebissenen Straßenbäumen im Acker sehe, weckt in mir die Reue über ein vorschnelles und unüberlegtes Wort. Ich habe hier, auf einem der härtesten aller Kampfböden dieses Krieges, noch wenig gesehen, fast nichts, und dennoch schon so viel, dass meinem blind gewesenen Urteil die Augen ausgehen.

Nun höre ich ein schönes Rauschen. Lärmlos gleitet das Auto über die glatten Bodenbalken des festen Pionierbaues, der an Stelle des von den Russen gesprengten Brückenbogens den breiten Dunajec überspannt. Wie ein ernstes, rätselvolles Lied ist die Stimme dieses ruhig fließenden gelben Wassers, in dem Millionen roter Blutstropfen zerflossen, ohne seine Farbe ändern zu können. Die kleinen Wellen blitzen in der Sonne wie tanzende Silberlichter. Für meine sinnenden Gedanken wird jedes reine Aufblitzen zu einem lebendigen Ding, zur lächelnden Seele eines Tapferen, der in diesen Wellen versank oder an ihrem Ufer die Augen schloss als treuer Wehrmann seiner Heimat.

Noch eine kurze Fahrt über grünes Land, von dem die Russen vertrieben wurden. Unter Obstbäumen, die zu blühen beginnen, erwarten uns die Pferde. Meinen alten Poetenknochen trauten die liebenswürdigen und fürsorglichen Gastfreunde wohl keine übermäßigen Reitkünste zu — ich bekomme ein kleines nettes kugelrundes und gutmütiges Räpplein, ein russisches Beutepferd. In welcher Steppe mag es das Licht der Welt erblickt haben? Das Gäulchen, während ich mit ihm schwatze und seine Nüstern streichle, sieht mich verständnisvoll an. Hat es schon Deutsch gelernt? Ruhig und sicher trägt es mich über den steilen Berghang hinauf und klettert s geschickt über die Lehmstufen und über die Prügelwege, als hätte ihm eine Tiroler Gemse das Bergsteigen beigebracht.

Hoch droben, bei einer Wendung des Weges, quillt mir ein Laut der Bewunderung über die Lippen. Ich sehe viele Meilen weit hinaus über ein breites sanft gehügeltes Tal von unbeschreiblichem Reiz. Felder und Wälder, Städtchen und Dörfer, alles von Sonne blitzend, alles wie feinste Ziselierarbeit des Schöpfers; und alle Nähe und Ferne ist miteinander verbunden durch das gleißende vielfach gewundene Silberband des Dunajec! In der Weite buckeln sich die schwarzblauen Hügelzüge empor, einer hinter dem anderen, wie die meisterhaft gestellten Kulissen einer Schaubühne. Immer höher wachsen sie gegen den Himmel empor, bis das wundersame Bild in der Ferne abgeschlossen wird durch die höchste Kette der Karpaten mit ihren verschneiten Gehängen und ihren milchweißen Schimmergipfeln. — Land von Habsburg, wie schön bist du!

Der Himmel ist klar, doch immer donnert es, als hinge unsichtbar ein schweres Gewitter in den Lüften. Mein Rößlein klettert, nun wendet sich der Weg, und ich sehe ein Bild, das mich erfreut bis ins Herz. Höher als der Waldkamm, über den ich hinüberreite, hebt sich da drüben mit steilem Kahlgehänge ein breiter Bergwall in die sonnige Luft hinauf. Hinter ihm ist nichts mehr zu sehen, nur dieses dröhnende Blau. Ader der ganze Steilhang wimmelt von Leben, ist besät mit hundert, nein, mit tausend kleinen, graublauen Punkten, die sich bewegen, sich sammeln und wieder auseinandergleiten. Wie flinke schillernde Käferchen sehen sie aus; aber während ich näher komme, wachsen sie, werden schlanke, aufrechte Männer und Jünglinge, sind österreichische Soldaten, sind die Kaiserjäger von Meran und Bozen — eins von den vier mit Edelweiß geschmückten Tiroler Regimentern, denen die Russen aus hart empfundenen Gründen den Namen „Die Blumenteufel" gaben. Zwischen den vielen, völlig in den Berg hineingewählten Unterständen schreiten sie hurtig auf dem Steilhang hin und her, sammeln sich in Gruppen um die Feldküchen, sitzen in Reihen und speisen bedächtig nach Tiroler Bauernart, liegen im Gras und schlafen, hocken zu dreien beisammen und summen ein Liedchen ihrer Heimat, oder kauern auf einem Baumstock und kritzeln über dem Knie eine Feldpostkarte. Ich höre ihr heiteres Lachen, höre ihre Sprache, die mir lieb und vertraut ist wie ein Klang der eigenen Heimat. Und wo die führenden Offiziere mit mir vorübergehen, straffen sich die prächtigen Kerle auf, und aus den glänzenden Augen der gesunden, von Schnee und Sonne verbrannten Gesichter blickt eine freundliche Neugier. An keinem von ihnen ist eine verwildernde Wirkung des Krieges wahrzunehmen, sie sind im Soldatenrock die gleichen geblieben, die sie daheim in der Bergjoppe waren. Und wo sie stehen und leben, wo sie schlafen und essen, mitten zwischen ihren Tischen und Unterständen, dicht neben dem ruhigen Atem ihrer frohen Kraft, liegt der pietätvoll geschmückte Soldatenfriedhof ihres Regiments. Ein Künstler aus dem Volke, ein Bildschnitzer, hat für jedes Grab ein hölzernes Marterl geschnitten, jedes anders, jedes mit einer sinnigen Deutung. Ein Grab steht offen und wartet. Ich frage einen Schwarzbärtigen, der bei der Feldküche sein Blechschüsselchen füllen ließ: „Wer kommt da hinunter?" Ruhig sagt er: „Dös woaß ma no nit. Taat's ebba mi treffen, und's waar guat für ünser Landl, in Gottes Namen halt!" Er bekreuzt die braune Stirn und trägt den dampfenden Erdäpfelschmarren mit dem festen Brocken Rindfleisch zu seiner Erdhöhle und hockt sich nieder auf ein sonniges Flecklein. Wie dieser Eine ist, so sind die Tausend, die graublau den kahlen Berghang des „Wal" überwimmeln.

Abseits von den vielen, halb versteckt zwischen knospenden Stauden, sitzen einzelne, den Oberkörper nackt bis zum Hosenbund hinunter. Jeder von ihnen beschäftigt sich mit der gleichen Sache, hat das ausgezogene Hemd auf dem Schoß liegen, untersucht es aufmerksam, hebt es manchmal gegen die Sonne und macht dann mit zwei Fingern einen flinken Griff. Einer bemerkt, dass ich ihm zusehe, und wird blutrot übers ganze Gesicht. „Geh," sag ich, „deshalb brauchst du doch nicht verlegen zu werden!" Er lacht ein bißchen: „No jo, ´s ischt wohr, aber schenieren tuat ma si holt doch! A richtiger Mensch ischt allweil

an Reinlachkeit geweant. Was üns die Russen über die Grenz ummi-
bracht hobn — da muaß eahnen ünser güatiger Herrgott vill ver-
zeich'n!"

Immer Dröhnen die Granatenschläge, und ruhelos knattern die Ge-
wehrschüsse von einer Stelle her, die hinter der Kappe des Berges liegt.
Alle Runsen des Ganges sind noch angefüllt mit großen Schneeflecken,
durch die wir waten müssen. Nun tauchen wir über den Kamm der
Höhe hinüber und sind im Schützengraben. Mannstief ist er in den
Bergboden eingeschnitten; auf und nieder steigend, klettert er zur Linken und zur Rechten über das Gebirge hin, nach beiden Seiten ohne
Ende, unübersehbar. Bei den Scharten stehen die Graublauen Mann an
Mann, mit den schussbereiten Gewehren in den klobigen Fäusten, mit
aufmerksamen, heißfunkelnden Späheraugen. Beim ersten Blick über
diese hartköpfige Mannsreihe überkommt mich das gleiche Gefühl der
Sicherheit und Ruhe, wie ich es an der westlichen Front in jeder Stellung empfunden habe. Der Graben, erst nach Beginn der Schnee-
schmelze vollendet, ist eine verlässliche, unbezwingbare Erdfestung.
Die Beweise liegen unterhalb der Drahtverhaue aus dem steilen Ge-
häng umher — sie sehen wie bräunlich-graue Aschensäcke aus, die ein
nachlässiger Fuhrmann verlor. Erst durch das Glas erkennt man, dass
es tote Menschen in braunen Mänteln sind, gefallene Russen, die Opfer
eines nutzlosen Sturmversuches. Als sie fielen, versanken sie im tiefen
Bergschnee; jetzt hat der warme Frühling ihr weißes Leichentuch fort-
geschmolzen, und die Versunkenen sind wieder an den Tag gekommen, mit so gelben Gesichtern, dass man sie für Japaner halten könnte,
wenn sie etwas zierlicher wären.

In der Tiefe drunten beginnt ein schmales, von kleinen Wäldchen
durchwürfeltes Wiesentat zu grünen. Zerschossene, halbverbrannte
und noch ganze Bauernhäuser stehen im Tal umher, alle verlassen und
still. Und drüben steigen die waldigen Berggehänge wieder empor,
durchwühlt von den gelben Wallstrichen der russischen Gräben. Granate um Granate schlägt da drüben ein, über den feindlichen Verhauen
plagen die Schrapnellgeschosse zu Rauchballen, die halb weiß und halb
rot sind; und zerriss ein Mörsergeschoß das Dach eines russischen Unterstandes, will da drüben ein Häuflein der Überlebenden entspringen,
dann tacken flink die Maschinengewehre der Kaiserjäger, und ein hurtiges Schussgeknatter fliegt über die Reihe der fleißigen Tiroler hin.
Dann ist es wieder leer da drüben; es rollen nur noch ein paar bräunlich-graue Klümplein von der feindlichen Kappe gegen der Waldsaum
herunter, bleiben in der Sonne liegen oder verschwinden hinter einem

Busch· — Menschen verbluten, Menschen sterben. Aber die Zeit ist so, dass man sich freuen muss darüber, weil es Feinde waren.

Während wir hinsteigen durch den Graben, hört man immer wieder ein kurzes und scharfes Kleschen — so klang es immer in unserer Bubenzeit, wenn wir die Gewehrkapseln auf den Steinen zerschlugen. Es ist der Einklatsch der feindlichen Kugeln in den Grabenwall. Keiner von den Graublauen achtet dieses Geräusches. Ich schwatze mit vielen. In allen ist die gleiche Ruhe. Von keinem hör' ich eine Klage oder einen Zweifel. Einer sagt: „Hart ischt's woll, aber mier verkraften's leicht." In einem sonnigen Grabenwinkelchen sitzen drei und spielen mit abgegriffenen Karten ein „Preseranzl". Ich frage, warum sie nicht bei den Gewehren stehen? Weil sie Ablösung und Rastzeit haben. „Seht ihr da nicht hinaus zu den Unterständen?" Alle drei schütteln den Kopf, und einer antwortet: „Mier bleiben lieber. Draußen kunnten mer ebbes versaumen!" Das gilt mir als das beste von allen Zuversichtsworten, mit denen dieser Tag mich beschenkte. Wenn die Stunde der Entscheidung kommt, werden die Kaiserjäger nichts versäumen.

Der Tag sank einem leuchtenden Abend entgegen, als wir hinunterritten ins Tal. Auf dem ganzen Rückwege ging's immer vorüber an einer endlosen Karawane von Saumtieren, welche Balken und Stacheldrahtrollen, Wolldecken und Zelttücher, Geschirr und Holzwolle, Reis- und Kartoffelsäcke, Wasserbutten und Weinfässer, Brot, Konserven, Gefrierfleisch und viele, viele Kisten mit Patronen herausschleppten über den steilen Hang. Solch ein Karawanenbild muss man gesehen haben, um zu ahnen, welch einen immensen, für den Laien fast unausdenkbaren Berg von Schwierigkeiten der Krieg auf diesem Boden dem Heer und der Heeresleitung bereitet. Ein Grauen überrieselt mich bei dem Gedanken an die Nachtstürme und an die übermannstiefen Schneemengen des Karpatenwinters. Auch jetzt noch, im Frühling, können ein paar grobe Regentage diese Lehmwege so grundlos und unpassierbar machen, dass alle Verpflegung stockt, jede Truppe in Not gerät und auch das beste Beginnen versagen muss. Und wie leicht ist uns zu Hause die krittelnde Frage geworden: „Warum geht es da so langsam vorwärts?" Auf solchem Boden bedeutet es in widrigen Wetterzeiten schon einen ruhmvollen Sieg, wenn es gelang, die Tage und Wochen der Gefahr zu überdauern und die hart bedrängten Kräfte wieder aufzufrischen für eine neue, mutige Tat! —

Scheine, du liebe Sonne! Bleibe den Unseren treu und hilfreich!

Groß, ein goldroter Feuerball, hängt sie strahlend im reinen Schimmer des westlichen Abendhimmels, schon nahe dem Grat der schwarzgewordenen Waldberge. Nun berührt sie die Wipfelsäge der fernsten Höhe, ihre Gestalt verändert sich, wird zu einem riesenhaften blutfarbenen Ei — und jetzt, gemildert durch einen zarten Baumschleier, leuchtet sie uns schön und verheißungsvoll entgegen wie ein in Freude lachendes Glanzgesicht.

3.

26. April 1915.

Tage kommen und gehen, einer schöner wie der andere. Alles in Galizien ist grün geworden, alles will blühen. In jedem Dinge der Natur ist eine träumerische Lenzfreude, die aller Härte des Lebens vergisst. Sogar der Mensch unterlässt es manchmal, dem Knattergeräusch der Flugmaschinen und dem Kanonendonner zu lauschen, hat lyrische Stimmungen und horcht auf den zärtlichen Schlag einer Amsel. Solch' ein Frühlingsabend, jetzt, in einem galizischen Buchenwald — das ist ein Zauber, der die Seele streichelt wie eine liebe Kinderhand. Oder solch' ein kühler Morgen in seinem blauen Schattenduft, mit dem Feuerspiel der Tautropfen beim ersten Sonnenblitz! Man darf sich nur, wenn man solche Dinge erleben will, nicht in der Nähe einer Straße befinden; wo dieser ewige Staub feine Wolken ballt, da gibt es kein Grün und keinen Frühling, da ist alles grau, alles ist Ruhelosigkeit und Lärm, Schrittschlag und Kommando, Hufgeklapper und Rädergerassel, Autostottern und Benzingeruch.

Es kommt mir so vor, als wäre in diesem rastlosen, den Tag und die Nacht erfüllenden Hin und Her seit einigen Tagen ein lebhafteres Vorwärtstreiben, eine ums doppelte vermehrte Kraft. Auch noch andere Anzeichen sind vorhanden, um mich immer wieder fragen zu machen: „Was ist da im Werden? Bereitet sich etwas vor? Was wird geschehen?" Ich kann auf diese mich heiß erregende Frage keine Antwort in klarer Sprache finden — die Antwort ist immer stumm, aber immer ist sie wie das Lächeln einer schönen und großen Hoffnung, in deren brennendem Gesichte sich die Augen des Glaubens öffnen wollen. Diese Hoffnung ist so reich an Verheißungen wie der Frühling, der geheimnisvolle Kräfte gewinnt mit jedem neuen sonnigen Tag, mit jeder neuen schöpferischen Nacht.

Stärker als je in den letzten Tagen ist gerade heute das Gefühl einer fiebernden Erwartung in mir. An all dieser tüchtigen militärischen Arbeit, die ich sehe, ist ein festeres Ineinandergreifen zu gewahren, eine strengere Ordnung, eine gesteigerte Energie. Ich habe hier bei unseren Fahnen noch nie auf den Straßen eine Verwirrung erlebt: aber so glatt, wie bei dieser jagenden Morgenfahrt von heute, ist es noch niemals abgegangen, obwohl gerade heute die in hurtigem Trabe hin und her ziehenden Kolonnen dichter sind als je und oft auf eine Länge von vielen Kilometern keine Lücke zeigen. Und kommt eine Kolonnenpause, so ist sie ausgefüllt durch Kavallerieschwärme und Reservenzüge. Die Stimmen der kommandierenden Offiziere scheinen heller und schärfer zu klingen als sonst, und in den gesunden Braungesichtern der Soldaten, von denen die meisten ihre graublauen Mützen mit einem grünen Zweiglein geschmückt haben, ist eine frohe Spannung. Nur selten gewahre ich einen Müden, fast nie einen von der Anstrengung des Marsches marod Gewordenen. Häufiger als in den letzten Tagen knattern hoch droben im Blau die österreichischen und deutschen Flieger über unsere Köpfe weg, in östlicher Richtung gegen die feindlichen Stellungen rudernd. Und eine tiefe Erschütterung, die sich mischt aus Bangen und Freude, befällt mich beim Anblick eines neuen, musterhaft ausgestatteten Sanitätszuges, dessen Kraftwagen geschmückt sind mit österreichisch-ungarischen Fahnen und das rote Kreuz umwunden tragen mit Blumen und Fichtengrün. Wann werden diese fahrenden Kapellen der Menschlichkeit im Kriege ihre ersten Dienste zu leisten haben? Wann? Und wo?

Unsere Fahrt verlässt die große, von Lärm und Farben und Gefunkel belebte, von Staub umwirbelte Heerstraße, geht am blitzenden Dunajec entlang und kommt zu stillen entzückenden Waldtälern, die durch Reiz und Schönheit an die berühmtesten Landschaftsbilder des Schwarzwaldes erinnern. Nun erreichen wir eine Höhe, und hier öffnet sich der Blick in einen weiten, wundervollen, von blauen Hügelzügen und beschneiten Bergen abgeschlossenen Bergkessel, in dessen Mitte Neu-Sandez liegt wie ein schimmerndes Klein-Jerusalem, unter dem Sonnenglanz vergleichbar einem Gewirre leuchtender Edelsteine, die aus den freigebigen Händen einer Märchenfee über die frühlingsgrüne Erde rollten.

Der steile Schlangenweg, der hinunterführt zu dieser lockenden Schönheit, wird für das Auto eine schwierige Sache. In der Nähe sieht Neu-Sandez ein bisschen anders aus, als von der Ferne betrachtet; aber es bleibt doch immer noch ein für galizische Verhältnisse sehr nettes Städtchen. Auf dem Marktplatz und in der Hauptstraße geht es lebhaft zu — Bauern und Wagen, Kinder, Mädchen, viele Juden und noch mehr Soldaten — woraus zu schließen ist, wie hoch man die Zahl der Soldaten einschätzen muss.

Nun wieder die hübschen Waldtäler, mit kleinen Ruthenendörfern. Jedes Dorf ist verwandelt zu einem Massenquartier, in dem es von Graublauen wimmelt. Und jedes Dorf hat eine hölzerne Kirche in russischem Stil. Eines hat sogar eine neue prächtige Russenkirche aus

Backsteinen. Wer spendete dem armseligen Dörflein das Geld für diesen kostspieligen Bau? Über der Haustüre eines Schulgebäudes seh' ich das Wort Schule in russischer Sprache und mit russischen Lettern angeschrieben; und vor vierzig Jahren wurde unter diesem Dache noch deutsch gelehrt; noch heute liegen da in den Kästen die deutsch geführten Schülerlisten und die deutsch ausgestellten Schulzeugnisse von ehemals. Ich erzähle das aus Gründen eines politisch sehr instruktiven Zusammenhanges. Denn gleich hinter diesem Dorfe, noch ferne von unserem Ziel, müssen wir das Auto verlassen, weil die russischen Granaten so reichlich fallen wie die Knallerbsen bei einem Faschingsrummel.

Mit überraschender Treffsicherheit sausen die feindlichen Geschosse immer auf die gleiche Wiesenstelle herunter; heute ist die Stelle glücklicherweise leer; aber am verwichenen Abend stand hier noch eine österreichische Batterie. In der Nacht wurde sie an die Russen verraten.

Durch ihren prompten Granatenregen kränken die Russen auch ein bisschen ihre eigenen stillen Helfer. Ich sehe flüchtende Dorfleute, sehe eine ruthenische Bäuerin, die flink einen Korb mit vier Hennen zu retten sucht und einen Sockel mit zwei russischen Heiligenbildern unter dem Arme trägt, und seh' eine polnische Familie, die ihre paar Habseligkeiten auf ein Korbwägelchen wirft, um hastig auszureißen, natürlich gegen Westen hin, tiefer nach Österreich-Ungarn hinein — der gesunde Offiziershumor bezeichnet das als „Evakuierung in verkehrter Richtung". — Polen und Ruthenen sind leicht zu unterscheiden. Der polnische Bauer hier ist klein und hässlich, doch die Ruthenen sind ein schöner Menschenschlag. Man sieht hübsche Frauen, schmuckgewachsene Mädchen und alte Männer mit prachtvollen Köpfen. Ein Greis, der sein Haus nicht verlassen will und mit zwei Enkeln oder Urenkeln auf der sonnigen Hausschwelle sitzt, ein fast schon Hundertjähriger, sieht mit dem bleichen Beingesicht und dem phantastisch gestruwelten Weißhaar aus, als wäre er aus einem mittelalterlichen Totentanzbilde herausgetreten.

Immer saust es in den blauen Lüften. Granate um Granate kommt. Erdfontänen und Rauchsäulen steigen auf, die Lehmvögel fliegen, und nach allen Richtungen pfeifen die Sprengstücke auseinander. Dabei erledigen die Graublauen, die in den löcherigen Hütten hausen, mit aller Gemütsruhe ihre Arbeit. Die Dienstfreien, die rasten dürfen, liegen auf dem sonnigen Frühlingsrasen, schlafen fest und schnarchen so behaglich, als wäre der kriegerische Werktagsmorgen ein friedlicher Sonntagsnachmittag. Ein langer Nordtiroler, mit dem ich beim Brunnen eine Weile schwatze, sagt zu mir: „Bal oaner rennt, da rennt er bloß eini. Wia bedachtsamer bei deiner Sach' und Schuldigkeit bleibscht, umso weiter hoscht zum Sterben." Diesem braven Philosophen aus Nordtirol, der zwei Fäuste wie kupferne Hämmer hat, möchte ich zusehen dürfen, wenn die „Blumenteufel" russischen Dreschtag halten! Der mich führende Offizier erzählt mir lachend von einem anderen, welcher nachdenklich diesen Erfahrungssatz verkündete: „Wann dö russischen Schädelen so knirschen, dös ischt ein eigentiemlaches Geräusch. Dös vergisst man drei, vier Tag lang nimmer. Woll!"

Zwischen Waldbergen, von denen die auf der Schattenseite liegenden noch dickverschneite Kuppen haben, steigen wir über einen sonnigen Wiesenhang zu den Innsbrucker Kaiserjägern hinauf, deren fester Stellungsriegel das Tal versperrt und zur Rechten und Linken emporklettert gegen die Höhen. Ich höre Jauchzer und Jodler, höre lachende Stimmen, und wieder seh' ich ein ähnliches Bild wie bei den Jägern von Bozen und Meran. Von jeder Stelle, wo ich stehe, kann ich Hunderte von Graublauen gewahren, die in der Sonne durcheinandergleiten, schwatzen, springen und schanzen. Überall Gesundheit, Kraft und heitere Gesichter. Hier baut man Unterstände, dort erhöht und festet man den Wall. „So, " frag ich einen, der hurtig die schweren Rasenbrocken übereinanderschichtet, „wird fest gemauert?" Er antwortet lachend: „Wia's holt sein muaß für a poor Tag. Lang bleiben mer nit. Waar üns allen liab, wann's bald wieder fürwärts gang!" Diese Sehnsucht kann ich ihm nachfühlen. Der Boden ist für Schanzarbeit nicht günstig, schon nach wenigen Spatenstichen kommt man auf Grundwasser. Drum haben sich auch die Russen im Tal nicht eingegraben. Aus diesem Boden, der jede Sicherung und auch das rasche Springen erschwert, war's ihnen in der Nähe der groben „Blumenteufel" nicht geheuer; sie zogen sich vorsichtig über achtzehnhundert Meter auf eine verlässlichere Berghöhe zurück, auf der man ihre Drahthindernisse und den Wallstrich ihres Grabens sieht, sonst nichts. Die Graublauen hier unten wimmeln offen und sorglos in der Sonne umher, von den Russen da droben ist auch durch das schärfste Glas kein Haarschopf zu gewahren — sie haben Respekt vor den Tiroler Scharfschützen, die in den vorgeschobenen Stellungen auf Wache liegen. Aber da hinauf? Das wird, wenn der nahe Dreschtag kommt, auch für die braven „Blumenteufel" eine harte Arbeit werden. Ich sage das zu einem. Der lacht: „Weil! Do wearn mer fescht in d'Händ speib'n müassen! Aber abi müassen's allweil, dö Luadern! Für was waarn mer denn in Tirol dahoam, bal mer ´s Bergkraxln nit kinna taten!" Ich will mit einem anderen schwatzen, der mir auffällt durch sein tiefbraunes Gesicht, seine Funkelaugen und seinen pechschwarzen Haarwuchs. Freundlich sieht er mich an, gibt aber auf meine Frage keine Antwort. „Der kann nicht Deutsch", sagt der führende Offizier, „das ist ein Ungar." In das Regiment der Innsbrucker Kaiserjäger wurde eine ungarische Kompagnie eingereiht. Reden können sie nicht miteinander, die Pußtasöhne und die Hochlandsbuben, aber sie teilen das Brot und den Wein, und in Gefahr und Arbeit helfen sie zusammen wie gute, verlässliche Brüder.

Ich stehe beim Wall, gucke durch eine Scharte hinaus und sehe etwas Merkwürdiges. Da drunten im Tal, mitten zwischen unserem Graben und der feindlichen Stellung, liegt ein langgestrecktes, von seinen Bewohnern verlassenes Dorf mit zerrupften Häusern und zerrissenen Schindeldächern. Und ein achtmal tischgroßes Stück von einem solchen Schindeldache scheint lebendig geworden zu sein, hat ein Dutzend Füße und kommt vom Dorfe gemütlich über die sonnige Wiese heraufspaziert zum Schützengraben der Kaiserjäger. Sechs Tiroler Buben stecken unter dem Dachstück und tragen es, um ihren neugebauten Unterstand damit einzudecken. So holen sich die vergnügten „Blumenteufel" aus dem ruthenischen Dorfe alles herauf, was sie zur Erhöhung ihrer Gemütlichkeit nötig haben. Durch die Bodenmulden schleichen sie hinunter, unter den hölzernen Schilden kehren sie zurück. Ganz ungefährlich ist die Sache nicht; die Russen haben weitschießende Maschinengewehre. Drum sag‘ ich zu einem Graublauen, der eben hinausklettert über die Brustwehr: „Duck dein Köpfl, du!" Ruhig guckt er über die Schulter und lacht: „Ah mei‘, bal‘s oan truffa hot, dös ischt ollweil bloß a Zuafall gwöst!"

In dem Dörflein da drunten ist von allen Bewohnern nur ein altes Weiblein mit einer Ziege und einigen Hühnern zurückgeblieben. Die Alte verträgt sich gut mit den Kaiserjägern und leistet ihnen allerlei freundliche Dienste. Außerdem übt sie durch einen Hahn, den sie besitzt, noch eine segensreiche Wirkung in die Ferne. — Während ich hinsteige durch den Graben, gewahre ich etwas Drolliges. Eine schwarz und weiß gesprenkelte Henne ist mit dem linken Bein an ein meterlanges Stricklein gebunden; alles Verzehrbare, was sie in Reichweite ihrer Fessel finden konnte, hat sie schon aufgepickt; nun strebt sie weiter hinaus, spannt das Stricklein und streckt dabei das angebundene Füßl seitwärts in die Höhe wie ein geschicktes Ballettmädel. Das wirkt so komisch, dass man von Herzen lachen muss. Solch ein Lachen im Schützengraben ist immer eine wohltuende Erquickung. Ich frage:

„Soll denn das nette Hehndl verspeist werden?" Ein junger Graublauer
mit gescheiten lustigen Augen schüttelt energisch den Kopf und erklärt: „Ah na! Dös Hennele muaß für üns Dar lögn oar ausbrüatn!" —
„Zum Familiensegen braucht man aber doch einen Hahn?"—„Jo freili,
dös alte Weibl da drunt, dös hot oan! Den hol i allweil auffi in der
Fruah!" Wieder muss ich lachen. „Mag denn das Hehndl immer?" Der
nette Blumenteufel schmunzelt mich an: „Es muaß! Dem geht's als wia
dö Russen —, " dabei guckt er mit seinen frohen Blitzaugen gegen die
feindliche Höhe hinauf, „jatz hocken s' no allweil da droben. Passen S'
auf, dö gengan abi! Bald! Ob S' mögen oder net —, " seine Fäuste
schließen sich, „sö müassen, bal der richtige Gockel kimmt!"

Eine frohe Wohligkeit ist in mir, die mich nimmer verläßt. Auf meinem weiteren Wege durch den Schützengraben ruft mich einer an:
„Herr Doktor, jöi, wos isch denn, lei kennan S'mi nimmer?" Ein Inn-
taler, der mich ein dutzendmal von Zirl hinaufkutschierte zu meinem
Tiroler Jagdhäusl im Gaistal! „Gell, jatz isch gor mit'n Gamslschiaßn,
jatz müassen mer Russen derschlagn und Läus derdrucka!" Ich frage:
„Wie viel hast du denn schon?" Lustig sagt er: „Russen hob i a fünfe,
sechse. Dö ander Woor hob i nit zählt. Dö isch mer z'kloan gwöst.
Aber deacht hätt ma dö mindest kinna ums Bier schicken."

Einer hat die Tapferkeitsmedaille an der Brust. Auf die Frage, wie
er sich diese Auszeichnung verdient hätte, sagt er: „Dös ischt mer un-
bekannt. I woas nöt, worum s' grod mi derzua ausgmuschtert hobn.
Dö andern hobn's aa nit schlechter gmacht."

Dann reicht mir ein junger schlanker Leutnant die Hand. Den hab'
ich vor achtzehn Jahren zu Innsbruck im Haus seiner Eltern kennen-
gelernt, als er ein Bürschlein von sechs oder sieben Jahren war. Und ist
nun ein schmuckes und strammes Mannsbild, das treu und freudig für
Glück und Leben seiner Heimat ficht! Wir sitzen in der Sonne und
plaudern und hören das ferne Dröhnen und das nahe Sausen in den
Lüften nimmer. Vor uns, in einer tiefen Grube, liegen große schimmernde Schneeflecken, und dicht neben ihren schwarzen Schattenrän-
dern blühen die gelben Frühlingsblumen. Wachse, du Frühling in Österreich!

Über den Hang herunter, von dort, wo die vielen graublauen Kaiserjäger in der Sonne schanzen und schaffen, tönt ein dreistimmiges
Liedl zu uns her, mit einem Jodler, den ich schon hundertmal auf den
Bergen hörte. Klingend geht er mit mir, auf dem ganzen Heimweg begleitet er mich. Immer singt und summt er in meinem Herzen, in meinem Blut.

Was hab' ich erlebt? Nur fleißige Arbeit hab' ich gesehen, nur kleine Bergbubenworte hab' ich gehört. Und dennoch ist mir, als wär' ich bei großen Dingen gewesen. Ich fühle, dass ich beschenkt und erhoben bin. Und ein Vertrauen ist in mir, so stark, wie die braunen Fäuste der „Blumenteufel" sind, so hell und froh, wie in den Gesichtern dieser gesunden Hochlandsburschen die Augen blitzen. Alles hier ist anders, als es von ferne für uns aussah. Das Ahnen, das mich seit Tagen durchzitterte, ist verwandelt in ein sicheres Wissen. Und nur noch Eines ist ungeduldig in mir: diese fiebernde Erwartung des Kommenden.

4.

28. April 1915.

Ein glühender Abendhimmel spannt sich über die Waldberge, über das Ropatal und über das kleine ruthenische Dorf, das keine hundert Hütten hat und unter seinen Strohdächern an die dreitausend Graublaue beherbergt. Und heut in der Nacht sollen noch sechzehnhundert kommen! Da muss man eng und gemütlich zusammenrücken. Mit den beiden Offizieren, die mich begleiten, bekomme ich ein winziges Kämmerchen in einem Bauernhäusl, in dessen Stall und Scheune vierzig Soldaten schlafen. Um zur Haustür zu gelangen, muss man durch Morast waten oder über einen Berg von Dünger klettern. In der dunklen Stube ist der gemauerte Ofen geheizt, dass er wabert vor Hitze; viel Kindswasche hängt da herum; trotzdem ist der Raum nicht unsauber, nicht unerquicklich; nur sehr volkreich ist er: die Großmutter, der Bauer, die Bäuerin, eine große Tochter, eine mittlere Tochter, ein kleines Mädel und ein tischhoher Bub. Alle sehen gut aus, und die jungen Weibsleute sind hübsch, beinahe schön. Außerdem hat die Bäuerin noch ein kleines Kind, und die älteste Tochter hat auch eins. Alle diese neun Menschen schlafen in der einen Stube, durch die wir gehen müssen, um unser Kämmerchen zu erreichen. Das ist von überraschender Reinlichkeit. Die Mauer ist frisch getüncht, zum Willkomm für uns mit Tannenzweigen geschmückt, hat neben russischen Heiligenbildchen ein großes Öldruckbild unserer verbündeten Kaiser und darüber, um mein Jägerauge zu erfreuen, ein schönes Rehgewichtl. Die drei Betten stehen so nah beieinander, dass man bei etwas unruhigem Schlaf gefährlich für die Schlummerkameraden wird. Mir ist die Wahl überlassen. In zwei Betten raschelt das Stroh. Die verschmähe ich und wähle das dritte, das aussieht wie ein feiner Diwan, aber nur ein vom Leintuch verhülltes Brett ist, mit einem Kopfkissen, dessen Überzug ein Monogramm mit einer Grafenkrone trägt. Ich besprenge sie sofort mit Fenchelöl und Anisolspiritus, obwohl der liebenswürdige Ortskommandant, der dieses „exquisiteste" von allen vorhandenen Quartieren für uns bereitete, mit heiligen Eiden die „absolute Lausfreiheit" garantiert. Ich frage, ob er selbst noch nie eine bekommen hätte? „Doch! Schon mehrmals!" Träumerisch blickt er ins Unbestimmte. „Die erste fing ich am Weihnachtsabend. Aber ich konnte ihr nichts zuleide tun. Der heiligen Stunde wegen. Und weil sie blaue Augen hatte!" Offiziere, die mit solchem Humor gesegnet sind, müssen auch

29

prächtige sieghafte Soldaten sein! Humor ist immer menschliche Qualität.

Noch eine Sorge bedrückte mich: der Gedanke an das doppelte Kindergeschrei in der Nacht. Auch über diesen Punkt vermochte mich der Ortskommandant zu beruhigen. „Die Kindchen werden nicht wimmern. Das Platzkommando hat ihnen das Schreien dienstlich verboten." Und wahrhaftig — wie ich vorweg erzählen will — während der ganzen Nacht vernahm ich nicht den leisesten Wimmerlaut. Wie die beiden Mütter das fertig brachten? Auf die einfachste Weise. Sie legten am Abend — ich habe das selbst gesehen — jedes der beiden Kinderchen an die ihm gebührende Mutterbrust und ließen es da liegen bis zum Morgen.

Eine dritte Sorge wurde durch eine ingeniöse Überraschung gelöst. Jeder Gedanke an ein eventuelles Hinausschlüpfen durch diese winzigen Fensterchen war ausgeschlossen. Also müsste man — nötig werdenden Falles — mitten in der Nacht durch die Stube gehen, in welcher, von allen sonstigen Lebewesen abgesehen, neun Menschen schlafen? Wie schrecklich! Aber die Erlösung kam! Einer meiner beiden Schlafkameraden — welch ein Lebenskünstler! — entpuppte sich als Besitzer eines für kleinere Reisezwecke zusammenklappbaren Apparates! Meine zwei Stubengenossen waren Seine Durchlaucht der Fürst S. und ein österreichisches Reichsratsmitglied. Nun sucht zu erraten, welcher von diesen beiden der vorsehungsreiche Lebenskünstler gewesen ist! Ihr werdet falsch raten, denn ihr ratet doch sicher auf den Fürsten!

Aber eine noch viel, viel größere Überraschung stellte sich ein! Als ich mit unserem ruthenischen Hausherrn reden wollte, natürlich in deutscher Sprache, schüttelte der Bauer zum Zeichen völliger Taubheit für dieses verdammenswerte Idiom den Kopf, sagte aber dann sehr freundlich: "If you wish to Speak with me, I understand English." — Ist das nicht zum Verzweifeln? Da sagt man täglich siebenmal: „Gott strafe England!" Und in dem ruthenischen Dorfe Muschiewuschie, oder wie es heißt, muss man Englisch reden, wenn man einen Bauern fragen will: „Where is the W. C.? —" Dieser Hausherr hatte, wie viele Tausende seiner Landesbrüder, mehrere Jahre als Auswanderer in Amerika gearbeitet. Im Ruthenenlande sind so viele Staatsbürger in gleicher Weise mit dem Angelsächsischen vertraut geworden, dass die österreichisch-ungarischen Politiker bei ihren Wahlreisen in Polen die Programmrede englisch halten können! — Allerdings, ganz gut verstand mein überseeischer Hausherr das Englische doch nicht. Er schien noch nie vernommen zu haben, was W. C. bedeutet, denn zur

Antwort auf meine Frage ging er mit mir zur Haustür und wies mir den Misthaufen.

Die Primitivität dieses ruthenischen Erlebnisses war nicht ohne Romantik. Drum konnte es mir keinen Reiz und Farbenhauch der folgenden Minuten beeinträchtigen.

Wir traten hinaus in den glühenden Frühlingsabend — und nun erlebe ich zwischen Dämmerung und Nacht eine Stunde, so wundervoll, dass ich sie bis an mein Lebensende nimmer vergessen werde. Das Dorfsträßlein sieht aus, als wär' es verwandelt in den von Soldaten wimmelnden Korso einer großen Garnison. Die graublauen Uniformen haben im letzten Rotschein der Sonne eine prachtvolle Leuchtkraft. Und die tausend Jünglingsgesichter und Männerstimmen scheinen zu glühen in einer Freude, die das Blut befeuert wie süßer Wein. Die Offiziere bummeln Arm in Arm, die Mannschaften gehen Schulter an Schulter, viele mit verschlungenen Händen. Vor jedem Hause hocken sie in langen Reihen, stehen über die Zäune gelehnt, sitzen auf den Fenstergesimsen oder liegen im Gras. Überall fröhliches Schwatzen, eine fast knabenhafte Heiterkeit. In einem halben Dutzend von Dialekten hört man das Deutsche, hört Ungarisch, Ruthenisch, Kroatisch und Italienisch. Und nirgends ein grober Wortwechsel, kein Zank und kein Fluch, kein Geschrei und keine unfreundliche Rede. Nicht alle verstehen sich, doch jeder verträgt sich mit dem andern. Der frohe feurigleuchtende Abendfriede dieses vielsprachigen Soldatengewimmels berührt mich wie eine schöne, fast heilige Hymne auf den Segen, den dieser Krieg für Österreich und seine Völker bringen wird.

Noch haben nicht alle Graublauen Feierstunde. Neben der heiteren Ruhe ist überall noch ernste, hurtige Arbeit. Noch immer ziehen die Kolonnen, noch immer marschieren neue Truppen in das Dorf herein und müssen beköstigt, müssen beherbergt werden. In einem großen Gehöfte wimmelt es um die dampfenden Gulaschkanonen und rings um die qualmenden Kochkisten. Und jeder von den Tausenden wird satt, jeder ist zufrieden. Lange stehe ich bei den beiden Filtermaschinen, die das trübe Lehmwasser einsaugen und sieden, um es als reinen, kühlen und gesunden Trunk wieder auszuströmen. Wo es herausprudelt aus dem Hahn, geht endlos die Reihe der Soldaten vorüber, jeder füllt die von grauem Tuch umhüllte Feldflasche oder sein Menagegeschirr und sagt in seiner Sprache dem Filtermeister ein Vergeltsgott.

Die Farben des Himmels erblassen, immer dunkler sinkt der Abend, und der wachsende Mond hängt wie ein winkender Silberarm im reinen Stahlblau der mildbeginnenden Frühlingsnacht. Dünner und spärlicher werden die wandelnden Gruppen der Dorfgasse, eine wohlige Stille kommt, und dann hört man halblaute Liederklänge bei den Häusern und in den Gärten, droben aus den Hügeln und drunten im Bachtal — hier einen Bergjodler und eine deutsche Melodie, dort eine italienische Volkskanzone, einen schwermütigen Slawensang, eine rasche leidenschaftliche Weise der Ungarn. In den winzigen Fenstern schimmern die kleinen trüben Lichter auf, und als die Gasse schon leer ist, hört man von irgendwo noch das Zirpen eines Mundhobels und das Trällern einer Ziehharmonika. Vor einem großen Stallgebäude, das sich wie ein schwarzer Block hineinschneidet in die matte Monddämmerung, wird mehrstimmig ein Koschat-Liedchen gesungen, ohne Kunst, aber zärtlich und fein zum Herzen redend. Ich muss hingehen und stehe lange schweigend bei den Fünfen. Einer imitiert mit den Lippen leis die Trompetenstimme, die anderen singen. Dann schwatze ich mit ihnen. Ihre Uniformen kann ich in der Finsternis nimmer unterscheiden — ich merke nur, dass es nette, freundliche junge Leute sind, einer aus Salzburg, einer aus Linz, ein Kärntner, einer aus Steiermark und ein Deutscher aus Prag. Eine gute Mischung, das! Ich hoffe, sie wird auch fernerhin zusammenhalten in reiner Harmonie.

Glücklich und froh, das Herz erfüllt von allem verheißungsvollen Frieden dieser Frühlingsnacht, sitze ich noch lange Stunden im Kreise hoher und junger Offiziere. Ein soldatgewordener Künstler, der an der Münchner Akademie studierte, hat den kleinen Raum des Stabskasinos im Stil Emanuel Seidls mit Fichtengirlanden und mit Kriegsbildern aus der „Jugend" geziert. Ein Hindenburgbild ist natürlich auch dabei. So anheimelnd wie dieser Raum, so herzlich ist der Ton an diesem Offizierstische. Immer muss ich von der Front im Westen erzählen. Die warme Kameradschaftlichkeit und Anerkennung, mit der die Leistungen des deutschen Heeres besprochen werden, erfreut mich tief. Ich fühle wieder: das Bundesband, das uns alle umschlingt und Westen und Osten, Nord und Süd in Treue verknüpft miteinander, ist geschmiedet aus reinem, unzerreißbarem Stahl. Und vieles höre ich auch wieder über die Härten und Schwierigkeiten des östlichen Kampfbodens, über die schweren Blutopfer und über die unerschütterte Beharrlichkeit dieses großen Ringens gegen übermächtige Menschenwogen des Feindes. Oft rieselt mir bei den harten Dingen, die ich da ruhig erzählen höre, ein quälender Schauer über den Nacken und durch das Blut. Und unvergesslich wird mir der ernste Klang eines Führerwortes bleiben: „Damals, nach diesen furchtbaren Tagen, waren die elftausend prächtigen Kerle meiner Division zusammengeschmolzen auf anderthalbtausend.

Jetzt sind meine Bestände wieder aufgefüllt. Und jetzt“ — ein Lächeln, ein Aufblitzen der Augen vollendet stumm den abgebrochenen Satz.

In der Mitternacht wandern wir heim durch das schwarze, stillgewordene, schlafende Soldatendorf, in dem viertausend Graublaue auf Stroh oder auf blankem Boden liegen. Von den alten und jungen Offizieren verabschiedet sich einer um den andern und schlüpft hinein in sein bedenkliches Quartier, in die üble Plage dieser Nacht. Und noch immer höre ich heitere Worte, herzliche Grüße, noch immer ein Lachen. Einer, dessen Hand ich lange festhalte, sagt zu mir: „Ach, nein, so arg ist das gar nicht. Man weiß, das ist Krieg, und da ist man gehorsamster Soldat, und fertig!“

Mir gruselt nimmer vor meinem Quartier, obwohl mir auf der Schwelle des ruthenischen Familienheimes ein schwüler Dunst entgegenschlägt, der mich fast umwirft. Beim Schein der gemauerten Ofenhölle gewahre ich sechs ineinander gewickelte nackte Beinchen, sehe auf dem Stubenboden die Großmutter schlafen, sehe zwei Säuglinge an den Mutterbrüsten liegen, auf die sie begründeten Anspruch haben, und freundlich klingt die Stimme des Hausherrn aus dem Tischwinkel: „Good night, sir!“

Meine Kammer — nein, ich beklage mich nicht! Ich hab‘s doch nur ein paar Nächte zu überstehen, und Tausende von Offizieren, Millionen braver Soldaten ertragen es seit neun Monaten so. Viel schlimmer noch! Denn ich als Gast, der die freundlichste Fürsorge genießt, ich hab‘ es doch ganz besonders gut getroffen. Und wahrhaftig, ich schlief. Sehr fest! Und die heiligen Garantien des Platzkommandanten bewährten sich wie der schützende Wunderschild eines Engels.

— Der frühe Morgen ist blaues Entzücken. Während ich auf einem flinken Schimmelchen inmitten einer Offizierskavalkade hinaufreite zu den beschneiten Waldbergen, ist das Tal, durch das die ersten Sonnenblitze hin leuchten, schon erfüllt von schwerschleppenden Saumtieren, von graublauen Marschzügen, von rastloser militärischer Arbeit. Wo Bachfäden sind, sieht man lange Reihen von nackten Gestalten, von Soldaten, die sich waschen und die Lausbisse kühlen. — Bäder und Duschräume, wie ich sie drüben im Westen überall hinter der Front gesehen habe, kann man in den galizischen Dörfern nicht einrichten. Alles fehlt: der Raum, die Wanne, das Röhrenwerk, der Heizofen und vor allem die Wasserleitung. Oft auch, in höheren Lagen, das Wasser selbst. Eine gelbe Pfütze wird da manchmal zu einer kostbaren Sache.

Unser Ritt geht aufwärts durch schönen Buchenwald, der bis zur halben Berghöhe schon mit zarten Blättchen zu grünen beginnt. Ein paar hundert Meter höher ist noch halber Winter. Wo die Schneeflecke anfangen, müssen wir aus dem Sattel steigen. Der Wald hat wunderbare Farben; wie graue Seide schimmern die Buchenrinden, die alten Blätter glühen in der Sonne wie Blut, und die Schneeflecken sind wie große glänzende Silberschilde, die nur leider an Schönheit verlieren, sobald man zu waten beginnt. Das ist eine schweißtreibende Arbeit, und gerät man aus der festgetretenen Spur, so tappt man hinunter bis an die Hüften. Und nun ist doch hier schon halber Frühling! Wie muss es da vor Wochen ausgesehen haben, vor Monaten! Welche Pein und Mühsal müssen die Tapferen überstanden haben, die in Kampf und Entbehrung aushielten wie unverrückbare Mauern! Gott sei Dank, dass nun bessere Zeiten kommen! Jetzt kann man bauen, kann sich gemütlich einrichten. Auch hier ist überall Gesang und Lachen. Und überall klingen die Axtschläge und die Schnarchzüge der Sägen. Vieles ist erst im Werden, vieles schon fertig. Dutzende von Blockstuben sind zwischen dem Schnee gewachsen. Die ganze Bergkuppe sieht aus wie eine Kolonie von Jägerhäuschen und Sennhütten. Fast immer ist auf der Sonnenseite dieser Blockhäuser ein netter Garten angelegt, hübsch umzäunt, bepflanzt mit den Frühlingsknospen des Karpatenwaldes. Hier ist die gleiche Gartenliebe, die gleiche Blumenzärtlichkeit und Grünfreude, wie ich sie überall an der Front im Westen gesehen habe.

Der Schützengraben, den die aus ganz Tirol rekrutierten Kaiserjäger von Trient besetzt halten, zieht sich in ausgelichtetem Walde durch Schneefelder und über steile Hänge hin, fest im Bau, durch Hindernisse gesichert, eine unerstürmbare Höhenburg. Man sieht von hier weit hinaus über das von den Russen besetzte Hügelgelände; da drunten und da drüben ist es auffallend still und leer. Ich kann mit dem Glas nur ein paar ackernde Bauernweiber und einen russischen Meldereiter entdecken, der rasch über die buckligen Felder trabt. Nirgends auf den vielen Straßenzügen ist ein Soldat oder ein Kolonnenwagen zu sehen. Wäre nicht von Zeit zu Zeit das Dröhnen der feindlichen Geschütze zu hören, so könnte man die Welt da drüben für ausgestorben halten.

Vor unserem Heimritt ins Tal kommt eine freundliche Viertelstunde, ein kleiner Imbiss vor der Blockhütte des Obersten. Dieses Frühstück hat einen festlichen Charakter, immer krachen die Böllerschüsse, feierlich rollt das Echo über die beschneiten Waldberge hin, und über unseren Köpfen liefert eine Flugmaschine die knatternde Tafelmusik. Man plaudert heiter; aber auch hier hat jedes fröhliche Wort einen ernsten Unterton, und immer sagen die Augen mehr als die Lippen. Während die Frühlingssonne den munteren Tisch umglänzt, fühle ich wieder die Nähe eines noch verschleierten Werdens, fühle den Atem kommender Dinge.

Auf dem Heimweg durch den ergrünenden Wald ist eine glückliche Ruhe in mir. Drunten im Dorfe finde ich die Gassen an Soldaten ärmer, als sie am verwichenen Abend war. Wo sind die Verschwundenen hingezogen?

Vor der Abfahrt trete ich noch in die russische Kirche. In der Vorhalle kniet ein langer Kaiserjäger, das Gebetbuch zwischen den groben Händen, steif und unbeweglich, hartknochig und mager. Ich lege ihm die Hand auf die Schulter und sage: „Du, das ist doch eine russische Kirche!" Er sieht zu mir auf, mit ernsten Blauaugen: „Woll! Dös macht niechts. Uenser hilfreicher Herrgott ischt überall. I moan, den brauchen mer bald!" Er beugt den Kopf über das kleine Buch, und stumm bewegen sich seine Lippen.

Dann kommt eine Fahrt, die mir zu einer heißen Erregung, zu einer wachsenden Freude wird. Alle Straßen, die wir passieren, sind endlos erfüllt von heranmarschierenden Truppen. Ungarische Proviant- und Munitionskolonnen ziehen an mir vorüber, österreichische Regimenter, eine deutsche Division, preußische Garde, kroatische Bataillone, eine lange Reihe von deutschen Feldküchen, Nachschübe der Kaiserjäger, deutsche Ulanen und ungarische Honvedhusaren, österreichische Trainzüge, deutsche Haubitzen und Maschinengewehre — Zug an Zug, alle verschiedenen Teile ineinandergeflochten zu einer mächtigen, festgeschlossenen Einheit, zu einem erhebenden Bilde unseres Zusammenhaltens, unserer Kraft und unseres beharrlichen Willens zum Siege.

Unter dem Leuchten des Abends endet meine Fahrt. Aber der Vorübermarsch der neuen Truppen, das Rädergerüttel und Hufgeklapper, der feste Schrittklang und das schwere Gerassel der Batterien währt im Mondschein durch die ganze Frühlingsnacht und geht noch immer weiter im klaren Schimmer des Morgens.

5.

3. Mai 1915.

Der 1. Mai hat eine Sonne gebracht, so heiß, als wäre schon Sommer geworden. Um die fünfte Nachmittagsstunde fahren wir dem Tal des Dunajec entgegen. Die Straße ist stiller als sonst. Keine Staubwolken. Man kann die Landschaft sehen, die verwandelt ist in ein weißes Wunder von blühenden Birnbäumen. Jedes polnische Dörflein sieht aus wie ein Märchengarten, und auf jeder Höhe, über die ein frischer Windhauch fährt, weht uns ein Regen von weißen Blütenflocken entgegen. Frohes Hoffen erfüllt mich, und immer muss ich an eine alte deutsche Sage denken: an den blühenden Birnbaum auf dem Walserfelde, an jenen Märchenbaum, dessen Maienblüte vor tausend Jahren den Sieg der gerechten deutschen Sache prophezeite!

Wir halten beim Deckungswall der Motorbatterie. Die großen Geschütze sind verhüllt; aber die Kisten mit den Kartuschen stehen bereit, und in langen Reihen liegen die mächtigen Geschosse da. Auch sie erinnern mich an ein Sagenbild: an König Salomons versiegelte Stahlflaschen, aus denen, wenn das Siegel gelöst wurde, riesenhafte Geister hervorquollen, um Paläste durch die Luft zu entführen und für den Kundigen, der das Zauberwort zu sprechen wusste, eine treue Hilfe zu sein.

Von einer Feldhöhe seh' ich hinunter in das lange Tal des Dunajec und hinüber zu den Bergzügen, auf deren Kämmen die von Drahthindernissen umflochtenen und unbezwingbar erscheinenden Stellungen der Russen liegen. Alles flimmert da drüben vom Gold der Abendsonne. Zur Linken, in zart umdunsteter Ferne, blicken hinter einer langen Waldzunge die Türme von Tarnow heraus, das in den Händen der Russen ist. Ferne und Nähe glänzen und leuchten. Und da die Sonne hinuntersinken will, beginnen durch das ganze Tal die Fenster an allen Häusern und Hütten wie glühendes Blut zu brennen. Aus der weißen Blütenkugel eines Birnbaumes klingt der Schlag einer Amsel, und über den sprossenden Saaten liegt grüner Maienfriede. Ein Bauer fährt mit seinen Ackerpferden heim, und eine Bäuerin, den Henkelkorb am Arme, geht langsam über den Feldweg.

Tiefe Stille ist über allen schönen Dingen. Die goldrote Sonne taucht hinter einen Wolkenstreif hinunter, der sich graublau über den westlichen Himmel hinzieht. Nun ist sie verschwunden; doch alle Wolkenränder blitzen noch wie flüssiges Erz, kleine Wölklein sind verwandelt in schwimmende Feuergebilde, und hinter ihnen, aus den dunklen

Nebelhüllen, brennt eine flammende Strahlenkrone durch die leuchtenden Lüfte empor, ähnlich dem Zauber eines Nordlichtes, nur noch schöner, noch leuchtender. So herrlich und heilig ist das anzusehen, dass man in Andacht empfindet: hier hat der Himmel sich aufgetan, und ein Gottesgedanke strahlt über die Welt und ihre Völker aus.

Da dröhnt von ferne ein mächtiger Donnerton über die schwarzen Wälder her — der Schuss eines Zweiundvierzigers. Ein dumpfes Rauschen in der Luft. Fast eine Minute währt es. Dann wächst hinter der langen Waldzunge, dort, wo Tarnow liegt, etwas Furchtbares gegen den schimmernden Abendhimmel empor. Wie eine riesenhafte schwarze Pinie ist es anzusehen, gleich dem Ausbruch eines Vulkans, ist doppelt so hoch wie der Kirchturm von Tarnow und verweht wie der Staub eines Bergsturzes.

War das ein Signal? Der Glockenschlag für den Anfang eines großen Welttheaters?

Bevor noch der Hall der Explosion über das Tal des Dunajec zu uns herüberdonnert und das Echo erlöschen kann, hört man gegen Norden und Süden die Brüllstimmen vieler Geschütze, manche so fern in den von Dunst umwobenen Karpatentälern, dass ihr gedämpftes Dröhnen ineinanderrollt zu einem ununterbrochenen Murren.

So begann die Frühlingsschlacht an den Ufern des Dunajec. Und sie begann mit einem Himmelszeichen, so seltsam und feierlich, dass ich es in Freude als ein glückverheißendes Omen empfinden musste. Die Sonne, die schon völlig hinter der blaugrauen Wolkenwand verschwunden war, taucht nahe dem Horizont noch einmal ganz und frei heraus, ein großer Glutball, funkelnd wie ein Taubenblutrubin, im Glanze durch die Nebelschleier des Westens so gemildert, dass man in dem tiefen Rot mit freiem Auge drei kreisrunde Sonnenflecken unterscheiden kann. Mit dem Glas vermag ich sieben zu erkennen. Drei und sieben: zwei heilige Glückszahlen! Fünf von diesen Schattenpunkten in der Sonne, ein großer und vier kleine, waren zu einer geraden Linie gereiht und zwei waren nach links vorausgeschoben, so, wie tapfere Erkunder einer Schwarmlinie voraneilen, in deren Mitte der Führer steht. Ich bin kein Astronom und weiß nicht, ob meine Augen das Opfer einer Täuschung wurden, oder ob man wirklich in der siebenten Abendstunde des 1. Mai diese sieben Schwarzgestalten in der glühenden Sonne zu sehen vermochte. Ich weiß nur, dass ich in dieser Stunde etwas gesehen habe, was ich noch niemals in meinem Leben sah, und dass es mir seiner wundersamen und geheimnisvollen Schönheit in der Stunde des Kampfbeginnes auf mich wirkte wie ein heiliges Zeichen, wie eine Siegesverkündigung. Eine gläubige Erregung war in mir und jubelte: „Glück über dem schönen Lande, auf dessen Boden ich stehe!"

Den ganzen Abend blieb ich in einer traumhaft heiteren Stimmung. Und als die Vollmondnacht ihren silbernen Schleier wob und unter dem fernen Kanonenmurren zahlreiche Frösche in den Sümpfen von Debno zu unken begannen, dachte ich nicht an Todesstimmen, nur an den prophetischen Gesang von Geistern, welche hilfreich sind.

Der weitere Verlauf der Nacht verlor ein bisschen an Poesie. Wir schliefen, ein halbes Dutzend, auf Strohsäcken in einem säuerlichen Raum. Unsere Herberge war ein altpolnisches Schlösschen, ein Bau in venezianischer Renaissance, ganz reizend, aber schauerlich verwahrlost. Mit Entzücken begrüßte ich das Morgengrau, bei dessen erstem Schimmer man sich ins Freie retten konnte, ohne in den Verdacht der Neurasthenie zu geraten.

Ein reiner, stiller und kühler Morgen, erfüllt vom zarten Duft der vielen blühenden Obstbäume. Alle Gärten, alle Hügelhänge und Straßen sind weiß von dieser Überfülle des Blühens. Und ein Specht, der von einer Schneekrone zur anderen flattert, schreit mit heller und starker Stimme: Ui ui ui ui! Am Himmel, in der Richtung gegen die Heimat, stehen phantastische Wolkenbildungen, die immer dünner werden und sich auflösen in blaue Luft. Über dem westlichen Horizonte hängt noch, wie mit Milch gemalt, der etwas angeknusperte Vollmond, während im Osten, hinter Tarnow, schon die goldschöne Sonne des 2. Mai heraufsteigt. Alles beginnt zu glänzen und zu funkeln. Und der frühe Morgen bringt schon eine herrliche Nachricht: Zehn Bataillone der 4. Armee — Kaiserjäger, Ungarn und Tiroler Landsturm — haben in der Nacht den Dunajec glücklich überschritten, haben den ahnungslosen Feind überrascht, vier Geschütze erobert und viele Gefangene gemacht.

Um halb fünf Uhr läutet der Zweiundvierziger mit gewaltigem Glockenschlag den Morgen und den Beginn des Kampfes ein. Viele Donnerstimmen fangen zu sprechen an, immer weiter und weiter gegen Süden hin. Ich zähle auf unserer Seite nach den verschiedenen Stimmen und Stellungen über vierhundert feuernde Geschütze, deren Batteriesalven oft ineinanderrollen wie hurtiges Felsgepolter. Auch von drüben her, von der feindlichen Seite, beginnt die Antwort lebhaft zu werden, und der weite, blaue, sonnige Morgenhimmel ist durchwoben von den Kugelwolken der Schrapnellgeschosse und von wehendem Granatenrauch.

Die Bauersleute auf den Feldern gucken mit verstörten Augen, alle Vögel flattern unruhig umher, nur die Lerchen steigen unter dem Kanonendonner ruhig und unbekümmert in den Sonnenschein empor und trillern ihre Frühlingslieder. In allen Wäldern schreien die Kuckucke und gurren die wilden Tauben. Und hoch im Blau, von Sonne schimmernd, strebt in langer Keilform ein Hundertschwarm von Wildgänsen gegen Osten, gegen die Stellungen der Russen hin — ein Gleichnis für den kühnen Vorstoß der Unseren. Wie gelockt durch dieses Beispiel, schweben hinter den Wäldern von Perta die österreichischen und deutschen Flieger auf, schwärmen und schnurren wie fette Maikäfer, schrauben sich leuchtend gegen die Sonne empor, sausen nach Osten und verschwinden im blendenden Himmelsglanz.

Wir jagen auf unserer Fahrt, umwirbelt von Staubwolken, an endlosen Reihen von Kraftwagen, von Pontonzügen, von Batterien, Munitionskolonnen und marschierenden Reserven vorüber. In allen Bildern, die ich sehe, ist Ruhe, Ordnung und Sicherheit. Und wieder, zu meiner Freude, seh' ich überall die Feldgrauen meiner deutschen Heimat und die Graublauen von Österreich-Ungarn durcheinandergemischt, zusammengeflochten zu einem eisernen Ganzen. Wo es ein kurzes Stocken der Fahrt ermöglicht, strecke ich zu einem Reiter oder Fahrer die Hand hinüber: „Grüß Gott, Landsmann!" und schwatze wieder mit einem Tiroler, mit einem aus Niederösterreich, höre frohe zuversichtliche Worte, versuche mit einem Ungarn zu reden, bekomme keine Antwort, sehe nur ein lachendes Braungesicht und freundlich blitzende Augen. — Ihr Frühlingstage am Dunajec! Vom ebenen Radlow bis hinauf zu den Kämmen am Duklapass werdet ihr die siegende Kraft erweisen, die in unserem Bündnis blüht!

Auf allen Straßen ein drängender Zug nach Osten. Auf jeder Anhöhe und bei jeder Straßenkreuzung stehen Schwärme von Dragonern, von Husaren und Ulanen bereit. Generale und Kommandostäbe mit langen Reiterzügen blitzen vorüber. Da kommt ein kleines polnisches Dörflein, das in seiner Feldmulde eingewickelt ist in einen weißen Traum von Baumblüten. Nun steigen auch wir in den Sattel, die Pferde klettern in der wachsenden Sonne über einen lehmigen Waldhang hinauf, und droben erreichen wir eine freie Höhe, von der man, über kleine Hügel hinweg, die lange Talbreite des Dunajec von Ostrow und Wojniz bis Janowice übersehen kann. Aber alles da drüben, wo die Russen stehen und die Unseren stürmen, ist in Morgenschatten gehüllt und von Dunst umsponnen. Nur die Rauchbäume explodierender Granaten sieht man, viele Schrapnellwolken und den Qualm von brennenden Bauernhäusern. Und immer dröhnen die Geschütze, hastig kacken die Maschinengewehre und die Salven knattern auf dem steilen Hang da drüben über dem Dunajec und bei den russischen Gräben auf den Höhen des langen Hügelkammes.

In der letzten Walddeckung müssen wir die Pferde zurücklassen. Auf der offenen sonnbeglänzten Höhe, in einem nach Osten geöffneten Holzschuppen, befindet sich seit dem frühen Morgen der Stab der vierten Armee mit ihrem Führer, Erzherzog Joseph Ferdinand. Von links und rechts her laufen Telefondrähte zu dem Schuppen hin, ich höre sprechende Stimmen, Meldungen kommen, Befehle fliegen fort. In der Morgensonne, die unter das Schuppendach hereinfällt, stehen Generale und Offiziere, unter ihnen der fürstliche Armeeführer, eine schlanke, bewegsame, temperamentvolle Gestalt. Die Stimme ist hell und rasch: auch im Ernste behält sie durch ihre österreichische Dialektfärbung einen Klang, den man als festgefügten Frohsinn empfindet. Soldatische Dienstfreude, Liebe zu Heimat und Volk, ein Geist von sicher zugreifendem Urteil, warme und offene Freundlichkeit, sarkastischer Humor, feinfühliges Naturverständnis und gesundpulsierendes Blut vereinigen sich zu einem klaren, wertvollen Menschenbilde, das Verehrung weckt und Zuneigung gewinnt. Zwei ruhige, scharfsehende Blauaugen glänzen in dem festen Mannskopf mit dem blonden, langgescheitelten Kriegsbart.

Gleich beim Eintritt in den Schuppen hör' ich günstige Nachrichten. Gut sieht's! Zwei weitere Geschütze und sechshundert Gefangene! Den braven Kaiserjägern sind auf hartem Boden schon feste Sprünge gelungen. Die Ungarn, die Bayern und die Salzburger stürmen mit Schneid und Erfolg. Und droben bei Gorlice machen die Preußen einen prachtvollen Vorstoß.

Vor Freude wie betrunken halt' ich mich abseits, um nicht zu stören, gucke immer durch mein Glas, schaue und spähe, bis mir die Augen brennen. Aber nur den Dunst und Qualm in der Ferne kann ich gewahren. Sonst nichts. Und immer brüllt es in den Lüften, immer takt es und knattert. Stand mir die Sehnsucht, etwas zu sehen, im Gesicht geschrieben? Plötzlich wendet sich der Erzherzog zu mir: „Sie möchten wohl weiter nach vorne?" Ich stammle: „Darf ich?" Er nickt: „Na freilich, los! Wer was erzählen will, muss was gesehen haben."

Immer Deckung suchend an einem Ackerrain oder in einem Hohlweg, rennen wir, unser Viere, dass uns der Atem fast vergeht. In den Talmulden, durch die wir kommen, verschwinden uns alle Bilder des

Kampfbodens. Bäume blühen, Saaten grünen und Lerchen trillern. Auf einem Felde ist aus langen Leinwandbahnen ein weißes Kreuz gebildet; hier müssen die Flieger ihre Meldungen abwerfen. In einem Bachtal donnert's. Da stehen sechs schwere Geschütze. Im Rückstoß machen sie hohe Sprünge, während die Feuergarben der Schüsse hinauszucken durch den quirlenden Pulverdampf. Schwitzende Kanoniere durchhuschen den Dunst, ein helles Kommando, und ehe der Explosionshall der ausgesandten Geschosse herüberquillt aus der Ferne, krachen schon wieder sechs neue Schüsse. Wir immer weiter, weiter. Noch eine halbstündige Hetze, hügelauf und hügelab. Der Weg zu der hohen Waldkuppe, die wir erreichen wollen, wird uns verriegelt — die Russen scheinen dort oben die schwere Batterie zu vermuten, die im Bachtal steht, und überschütten die Kuppe mit Granaten und Schrapnellfeuer. Bäume splittern und Äste fliegen, Feuerblitze fahren im Dunkel des Waldes auf, es fängt zu qualmen an und beginnt zu brennen. Etwas wild Nervöses ist in der sinnlos überhasteten Beschießung dieser unbesetzten Waldkuppe. Die russische Artillerie scheint Besinnung und Ruhe zu verlieren und verschwendet zwecklos die Munition — ein sicheres Zeichen dafür, wie viele vernichtende Treffer von den Unseren in die feindlichen Reihen gesetzt werden.

Auf halber Höhe des Hügels hetzen wir um den beschossenen brennenden Wald herum. Nun erreichen wir den Osthang, schauen hinab in das Tal des Dunajec und sind noch immer zu ferne, um unterscheiden zu können, was drüben über dem Fluss geschieht, dessen Rauschen unter dem Brüllen der Geschütze nimmer zu hören ist. Hinunter über den Hügel, bis zur Straße im Tal! Jetzt sind wir in einem kleinen, unter weißen Blüten versinkenden Dorf, in dem die alten Leute und die Kinder scheu aus Fenstern und Haustüren herausgucken — sind nur noch vierhundert Schritte von dem in den Deichwall des Stroms eingeschnittenen Schützengraben der Tiroler Landstürmer entfernt, die geduldig ausharren und den Befehl zum Angriff erwarten müssen. Wir wissen das — aber zu sehen ist nichts, keine Spur von Leben, kein Schimmer einer graublauen Uniform; der Graben sieht aus wie unbesetzt; doch an einzelnen Stellen quillt in der Mittagsstunde der Rauch der Kochherde heraus, immer knattert es über die ganze Länge des Grabens hin, und immer antworten auf der qualmenden Höhe droben die Schüsse der Russen. Manchmal pfeift was über unsere Köpfe weg, und wenn eine feindliche Kugel in den Acker schlägt, der zwischen uns und dem Tiroler Graben liegt, dann stäubt aus der grünen Saat ein gelbliches Wölklein auf. Der lange Höhenzug gegen Janowice, auf dem etwas Schweres sich abzuspielen scheint, ist noch immer so von Dunst umsponnen, dass man nichts unterscheiden kann. Man sieht nur einzelne rote, von der Sonne beschienene Dächer im Schleier leuchten, sieht bei kleinen Wäldern die Stichflammen der feuernden Batterien aus den Deckungen herausfahren, sieht auf der von den Russen gehaltenen Höhe eine Rauch- und Erdsäule um die andere emporsteigen, sieht zwischen dem Blütenschnee der zahllosen Obstbäume die gelben Wälle neu entstandener Sappengänge schief über den Berghang hinaufklettern, und manchmal sieht man ein winziges graublaues Figürchen rasch aus einem Graben herausspringen und rasch in einem anderen verschwinden.

Stunde um Stunde vergeht, bei ruhelosem Knattern und Dröhnen, aber mehr ist nicht zu gewahren, weder mit dem Glase, noch weniger mit freiem Auge. Nur gegen Süden hin ist ein schwebender Fesselballon zu sehen, und in der Richtung von Tarnow steigt die schwarze Rauchwolke eines großen Brandes auf.

Wenn man nur wüßte, wie es steht! Wenn man nur was erfahren könnte! Wir erwischen ein Auto und rasen über die Wojniczer Straße gegen Zakliczyn hinauf. Ein Krachen über uns, und wenige Sekunden später platzt eine Granate dicht hinter dem Auto — wir werden beschossen — aber da wendet die Straße um eine Waldecke herum, und der Wagen hat Ruhe. Ein stilles Dorf. Hennen führen in der Sonne ihre Kücklein spazieren, und Gänse, die unter den Blütenbäumen ihre Jungen betreuen, fauchen in Mutterzorn gegen das rasende Auto. Hier und dort in den Auenwiesen stehen Störche, welche misstrauisch die Hälse drehen. Jetzt kommt ein waffenloser Soldat langsam über einen Feldweg hergegangen, mit dem linken Arm in der weißen Binde, ein zweiter mit verbundener Hand, ein dritter mit rotfleckigem Bund um die Stirne. Auf einem Wiesenhang, wo das Rote Kreuz flattert, sitzen schon an die sechzig. Etwas Drückendes, wie eine eiserne Faust, umklammert mir das Herz. Endlich ein Offizier! Der weiß was: viele Verwundete, ja, aber auch vierhundert neue russische Gefangene hat man davongeführt, und hinter der Höhe des Berges Wal wurden lange, schwerbefestigte Gräben des Feindes siegreich von den Unseren genommen. Man möchte jauchzen vor Freude, wenn nicht diese vielen wären, mit den weißen rotfleckigen Binden!

Im Wagen stehend, spähen und lauschen wir. Das Gewehrgeknatter und die Granatenschläge ziehen sich da droben schon über den Kamm nach der anderen Bergseite hinüber. Jetzt müssen dort, wo wir früher waren, die Schwarmlinien aufwärtsdrängen gegen die russische Höhe.

Über den Dunajec können wir nicht hinüber, da ist keine Brücke, wir müssen zurück. Nun sind wir wieder, von wo wir kamen, und immer pfeift es, immer staubt es, während wir im Straßengraben liegen und mit den Gläsern spähen.

Der Dunst da droben hat sich gelöst, und die späte Nachmittagssonne beleuchtet klar das steile Gelände. Die Kanonade scheint schwächer zu werden. Unsere Geschütze feuern noch ruhelos, auf der feindlichen Höhe wachsen immer neue Rauchbäume, und sicher gezielte Granatenschüsse zerreißen die Drahthindernisse der russischen Gräben und zernagen die Deckungswälle. Aber die feindlichen Batterien? Sind sie stumm geworden?

Vor Erregung zitternd suche ich mit dem Glas die menschenleer erscheinende Höhenlinie und die rotbeleuchteten Gehänge ab. Und da seh' ich etwas. In halber Höhe des Berges ist der rotgelbe Wallstrich eines frisch aufgeworfenen Laufgrabens in langer Reihe bedeckt mit graublauen Strichen, mit graublauen Haken und Klumpen. Alle sind unbeweglich. Nur manchmal in der Abendsonne schimmert etwas an ihnen. Eine schmerzende Kälte rieselt mir durch Seele und Blut, meine Augen werden nass — aber noch härter erschüttert mich, was ich jetzt durch das Fernrohr erkenne: ein Sanitätsmann , mit dem roten Kreuze auf der Armbinde, geht langsam und gebückt an der stillen, graublauen Reihe der gefallenen Kaiserjäger hin, hebt jeden an den Schultern in die Höhe, rüttelt jeden ein bisschen, betrachtet ihn aufmerksam und lässt ihn wieder fallen. Keine Hilfe mehr! — Ihr Treuen, ihr Tapferen! In Millionen Herzen eurer Heimat brennt der heiße Dank für das Siegesopfer eures Blutes! — Und du, der im Schnellzug zwischen Oderberg und Teschen so sehnsüchtig die Mundharmonika geblasen? Bist du auch dabei? Oder lebst du noch?

Aus dem Laufgraben steigen zwei heraus, die eine belastete Bahre tragen. Sie laufen schnell und tauchen rasch hinunter in einen Hohlweg, welcher Deckung gegen das feindliche Feuer hat. Wir von unten sehen hinein in die rotbeleuchtete Gasse und sehen da einen neben dem anderen sitzen, viele, die nimmer gehen können. Aber sie bewegen sich, drehen die Gesichter hin und her und fassen sich bei den Händen und scheinen zu schwatzen miteinander — Gott sei gepriesen, denen kann noch geholfen werden! — Und du, aus der russischen Kirche von Uscie-Ruskje, du langer steifer Beter, der mir die Allgegenwart des hilfreichen Gottes predigte? Bist du unter diesen, für die es noch Hilfe gibt? Meine Seele schreit diesen Wunsch, und ich bete für dich!

Da seh' ich sechs oder sieben Gesunde schräg nach abwärts über ein Saatfeld springen und sehe sie verschwinden unter blühenden Birnbäumen, die nimmer weiß sind, sondern rot von der Abendsonne. — Fliehende? — Nein! Das sind brave, heldenmütige Kerle, die unter dem russischen Maschinenfeuer ungedeckt die Telefonstangen in den Acker stecken und die Drähte ziehen. Dass links und rechts von ihren Füßen die Staubstriche der Kugelschläge hinfahren durch das Saatfeld, das scheint sie nicht zu bekümmern. Sie arbeiten für die Heimat, flink und dennoch in Ruhe. Tiroler Blut! Und Gott sei Dank, ich sehe keinen von ihnen stürzen! Sie springen zurück zum Graben, aus dem sie kamen, reißen die Gewehre herunter, die sie aus dem Rücken trugen, und ducken sich hinter den rotgelben Wall und feuern. — Wie ein jubelndes Glück ist die Freude in mir. Solche Männer unter den Unseren! Solche Herzen zwischen ihren festen Rippen! Was zählt da alles Hin und Her des vergessenen Missgeschickes! Was kommen wird, entscheidet! Wir siegen, wir müssen siegen! —

Und wo die tapferen Sechs oder Sieben sich hinduckten, da seh' ich jetzt in der tiefen Glut des Abends und an dem aufwärts kletternden Wallstrich viele, unzählbar viele graublaue Punkte, Hunderte, Tausende! Einer ist dicht am anderen, jeder ein fester Soldat, jeder ein Mann und ein Treuer! Die einen spähen und feuern, die anderen schaufeln hastig, werfen die Erde hinaus und erhöhen den deckenden Wall. Der klettert immer weiter und weiter gegen die feindliche Höhe des Berges hinaus, und sein letzter Bogen, den ich noch sehen kann, ist nur noch hundertfünfzig oder zweihundert Schritte vom Kammgraben der Russen entfernt, die sich erbittert zu wehren scheinen. Alles da droben ist von Rauch umflattert, immer staubt es von den Wällen, immer wachsen die Qualmbäume und spritzen die Erdfontänen auf, und immer kracht es und dröhnt und knattert und tackt. Und immer so weiter, bis die Schatten heraufschleichen aus dem Tal, bis der letzte Rotschein erloschen ist und die Schleierwogen der Dämmerung heruntersinken über Leben und Tod.

Nun ist nichts mehr zu sehen. Nur über die Wallstriche dort oben fährt es manchmal unter dem Salvengeknatter hin wie ein mattleuchtender Phosphorstrich. Und bei sinkendem Dunkel sind die Spritzflammen der platzenden Granaten anzusehen wie irrsinnige Feuergeister.

Du blühende Frühlingsnacht, du göttliche! Hilf den Unseren und beschütze sie!

6.

5. Mai 1915.

Sieg! Sieg! überall dieses herrliche Wort! Auf allen Lippen ist es, leuchtet in allen Augen und schimmert in jedem Herzen! Im Glanz der Sonne lacht es, duftet von allen blühenden Bäumen und flattert im reinen Blau der Lüfte.

Wie die Schwärme von Frühlingsschwalben schwirren Stunde um Stunde bis zum Morgen des 4. Mai von allen blutgetränkten Feldern des weiten Kampfbodens die frohen Botschaften des Erfolges her. Von Opatowiec bis hinauf zum Duklapass ist die russische Front zerschlagen. Bei Demblin haben die Brünner den Dunajec überschritten und sind bis Zelicho vorgedrungen. Die deutsche Reserve war's bei Radlow den Feind aus seinen Gräben und drängte ihn über den Strom zurück. Oberhalb Janowice haben die Kaiserjäger mit dem Tiroler Landsturm alle russischen Höhenstellungen gestürmt, die uneinnehmbar schienen. Die mährisch-schlesischen Landstürmer und die Oberösterreicher nahmen Tuchow und drangen bis zur Biala vor. Auf schwierigem Boden eroberte eine österreichische Division die Bizankahöhe. Deutsche erstürmten mit unwiderstehlichem Vorstoß die Bergkämme und Olszyny und Rosenbark. Die Ungarn und die Krakauer gewannen das Gelände bis Biecz. Deutsche erzwangen den Besitz von Gorlice und kamen bis zu den Karpatenhöhen zwischen Libusza und Birchne, während anschließend die Armee Boroevic bereits in Bewegung ist gegen Dukla! Kein Schatten in dieser Frühlingssonne des Erfolges! Alles ist leuchtender Sieg, und in allem blühen noch größere Verheißungen!

Ich kann nicht schildern, was in mir jubelt und zittert, da ich im frühen Morgenschimmer des 4. Mai dem Boden des ruhmvollen Sieges entgegenfahre. Die Fülle der Bilder, die an mir vorübergleiten, ist so mannigfach, dass ich nicht alles zu erfassen, nicht alles festzuhalten vermag. Ich kann nicht sichten, gruppieren und künstlerisch gestalten, nur wahllos zugreifen und packen, was mir aus rauschendem Wechsel am schärfsten in die Augen springt.

In allen Menschen, ob sie den Soldatenrock oder den Bürgerkittel tragen, in allem Leben, in aller Bewegung, in allen Bildern ist etwas Erhöhtes und Freudiges. Doch alle Formen sind verschwommen, alles auf der lärmenden Straße ist umflattert von Staubgewoge, das jeden Körper zu schemenhafter Gestalt verwandelt, jede Farbe grau überschleiert.

Eine lange Reihe von Wagen des Roten Kreuzes fährt langsam die Straße her, die Fenster dicht verschlossen mit Vorhängen von Segeltuch. Dann kommt eine hundertköpfige Kolonne von Leichtverwundeten zu Fuß, alle schon verbunden und betreut, unser Auto muss halten, um den Staub nicht zu vermehren — und da schreiten sie vorüber, haben ruhige, glänzende Augen, viele schwatzen, manche singen und mancher hat das qualmende Pfeiflein zwischen den Zähnen. Die braven, tapferen Kerle!

Jetzt rattert eine Reihe von kleinen offenen Wägelchen vorbei; auf jedem kauert und wackelt ein Klumpen von verwundeten Russen mit weißen Verbänden an Händen, Armen und Köpfen. Im Straßengraben sitzen acht gefangene Offiziere und rasten und rauchen Zigaretten, während der Kaiserjäger, der sie bewachen muss, ein bisschen gähnt. Wieder eine Marschgruppe der Unseren. Die scheinen von weit zu kommen, sind müd, haben übernächtige Gesichter, und das Gehen wird ihnen sauer. Jetzt eine lange, lange Wallfahrt von Gefangenen. Ein paar Tausend sind es, alle gut gewachsen, gut genährt, gut gekleidet, mit festen Mänteln und soliden Stiefeln, mit Schirmmützen oder Pelzkappen; alle sind in bester Laune und viele grüßen freundlich. Die wissen wohl schon, dass sie als Gefangene nicht erschossen werden, wie es ihnen von ihren Offizieren prophezeit wurde, sondern dass man sie in der Gefangenschaft nur von den Läusen und ein paar anderen Unerquicklichkeiten erlöst. Sieht man diese stattlichen, gut equipierten Menschen an, so beginnt man an der berühmten „Misswirtschaft“ im russischen Heere gründlich zu zweifeln und kommt zu der Einsicht, dass die französischen Milliarden in Russland nicht übel verwendet wurden. Aber auch das gibt zu denken: dass so viele Tausende von gesunden Mannsleuten die Waffen wegwerfen und die Hände hochheben. Für Väterchen Zar zu sterben, erscheint ihnen nicht als das süßeste von allen Dingen.

Wir überholen eine rasselnde Pontonkolonne und kommen zu einem einsam an der Straße liegenden Wirtshäusel, bei dem ein Bataillon Unterstützungstruppen rastet. Hier sieht es so lustig aus wie beim Heurigen. Auch die Ziehharmonika fehlt nicht.

Dann geht es über eine Bergstraße empor, vorüber an Herden von Schlachtvieh, an Stationen des Roten Kreuzes, an endlosen Proviant- und Munitionskolonnen, von denen jede auf das Vorrücken der anderen wartet. Die Hauptstraße und alle Nebenwege sind dicht erfüllt von diesem in Ordnung sich vollziehenden Nachschub des vorausgerückten Heeres, das dem flüchtenden Feinde heiß auf den Fersen bleibt.

Ulanen und Husaren nahen über die grünen Hügel, um schneller vorwärts zu kommen und die Straße nicht zu verstopfen. Motormörser werden abgebaut und verladen, fahrende Feldküchen dampfen, Geschütze kommen mit galoppierenden Pferden über die Straße heraufgerasselt, und häufig seh' ich Kanoniere, die schlafend über die hüpfenden Geschützrohre hingesunken liegen. Auch überall in den Straßengraben, in den Wiesen und Feldern liegen Soldaten und schlummern in ihrer Müdigkeit so fest, dass auch der Höllenlärm dieser Heerwoge sie nicht zu wecken vermag.

Wieder, wieder und wieder ein Zug von Gefangenen. Dann eine Reihe von mächtigen Eisenkähnen, bestimmt zum Übergang über die Biala. Und jetzt der blühende Tod! Viele junge Gräber mit frischen Holzkreuzen; auch Gräber, die noch offen stehen; alles umringt von blühenden Stauden und blühenden Obstbäumen, deren weißer Blütenregen über die neuen Hügelchen hinfällt und auch hinunterweht in die noch offenen Gruben. Der lachende Frühling steht mit ausgebreiteten Armen in der Sonne und sagt: „Kommet zu mir, ihr tapferen Schläfer, ich will euch schmücken!"

Immer dröhnen und brüllen die vielen Batterien, denen wir schon nahe sind. Gestern am Abend standen sie noch vier Kilometer westlich vom Dunajec; nun stehen sie sechs Kilometer östlich des Stroms, an dem die Frühlingsschlacht begann, und feuern hinter den auskneifenden Russen her. Und in weiter Ferne wieder das Knattern und Tacken, bei Tarnow drunten und auf den Uferhöhen der Biala.

Jetzt kommen wir zu den Schützengräben der Unseren. Zwischen grünen Saaten und blühenden Bäumen liegen sie still und verlassen da, eine zwecklos gewordene Sache. Aber man freut sich doch darüber, wie fest und sauber sie gebaut sind, wie sicher umwickelt mit Drahthindernissen und noch geschützt durch doppelte Dornverhaue!

Enger und dichter schiebt sich aus der Straße das Gewirre der Kolonnen, der Batterien und marschierenden Züge ineinander. Und dennoch kein Stocken und Verstopfen. Alles flutet in Ordnung aneinander vorüber, immer vorwärts, vorwärts, vorwärts. Ohne Geschrei und ohne Geschimpfe. Die verlästerte österreichische Gemütlichkeit hat auch ihre guten Seiten. Man kann dem festen, regelmäßigen Vorwärtsstreben dieses gewaltigen Heerzuges die Bewunderung nicht versagen. Die unsichtbare Hand, die ihn bewegt und leitet, muss sich auf sichere Griffe verstehen und Stahl in den Nerven haben. — Bei diesem Gedanken taucht in mir das Bild eines schlanken, elastisch gegliederten

Mannes auf, den ich am ersten Tag meiner Frontreise im österreichisch-ungarischen Hauptquartier kennen lernte. Ich war überrascht durch den Anblick dieser grazilen Erscheinung. Und gleich fesselte mich der scharfgeschnittene Kopf, bei dem man halb an einen Gelehrten, halb an einen Künstler denken und doch immer ganz an einen Mann und Soldaten glauben muss. Spricht er, so sitzt jedes Wort wie ein Hammerschlag, der den Kopf des Nagels trifft. Jede Frage findet eine klare Antwort, die von Zweifeln befreit und Überzeugungen aufrichtet. Dazu im persönlichen Wesen ein Mensch, der rasch das Gefühl der Fremde durch seine gerade Natürlichkeit beseitigt und gläubiges Vertrauen wachruft. So ist der Mann, an dessen stählerne Hand ich bei der Ordnung alles soldatischen Bilderwirbels auf der Bergstraße von Lubinka denken muss: der Freiherr Conrad von Hötzendorf, der Chef des österreichisch-ungarischen Generalstabes. —

Wir haben die Höhe des Berges erreicht. Zur Rechten und Linken ziehen sich die stark befestigten Schanzen und Grabenstellungen hin, aus denen die Russen in der verwichenen Nacht von den mit Todesverachtung stürmenden Kaiserjägern vertrieben wurden. Vor allem wird mein Auge da gebannt durch ein Lagerbild, wie es noch kein Theaterregisseur, auch nicht der genialste, auf der Bühne fertig brachte. Die ganze Straße, die sich hineinzieht in einen mit lichten, winzigen Blattherzen ergrünenden Buchenwald, ist in der Sonne ein unsagbares Funkelgewirre von Farben, Köpfen, Gestalten, Rossen, Wagen und Geschützen. Und auf der Bergplatte steht ein Holzkreuz, durchbohrt von Schüssen und angerissen von Granatensplittern. Rings um dieses vom Krieg misshandelte Zeichen der Liebe herum, weithin zur Linken und zur Rechten, lagert ein ungarisches Honvedregiment. Die drei oder vier Tausend Graublauen, Schulter an Schulter liegend und Kopf an Fuß, sind ein einziger wundervoller riesiger Farbenfleck, gesprenkelt mit dem glänzenden Braun der ruhigen Gesichter und der beweglichen Hände. Die Leute sitzen oder haben sich ausgestreckt, essen aus der Faust, kramen im Tornister, schlucken aus der Feldflasche, kritzeln Feldpostkarten auf den Knien, sonnen die entblößten Füße, von denen sie die Stiefel und Lappen herunterzogen, öffnen die Röcke und machen die Brüste nackt, trocknen den Schweiß und schwatzen und lachen und haben eine glänzende Freude in den Augen. Dragoner und Husaren traben vorüber, immer schieben sich die Kolonnenzüge hin und her — und nicht weit von diesem quirlenden Bild des Soldatenlebens, auf einem einsamen Flecklein Erde, im Schatten der verkohlten Reste eines niedergebrannten Hauses, sieht ein reiterloses Pferd, hat den Hals gesenkt, hat weitgeöffnete Augen und schnuppert immer an einer steif und unbeweglich liegenden, mit einem Mantel bedeckten Mannsgestalt, die zu schlafen scheint und doch nicht schlummert. Und überall der grüne Frühling, überall die blühenden Bäume, hinter denen Verwüstung und Tod sich verbergen. Immer dröhnen und brüllen die nahen Geschütze, deren Stellungen versteckt im maienden Gehölz liegen. Und manchmal fällt eine russische Granate, fällt auf zwanzig Schritte neben der Straße in den Wald hinein, und niemand kümmert sich darum.

Auf beiden Seiten der Paßhöhe ist ein Gewimmel von hin- und herschreitenden Soldaten, die neugieriger als müde sind und den Schützengraben betrachten, aus dem die Russen vertrieben wurden. Ich gehe den gleichen Weg und sehe Bilder, die kein Künstler zu malen, keine Feder zu schildern vermag. Das sind Wirklichkeiten, so niederschmetternd und erhebend, so schrecklich und schön, dass keine Sprache diese Widersprüche zu bezwingen und dabei die Wirkung zu wiederholen vermag, die von ihrer Wahrheit ausströmt.

Schon beim ersten Blick in den Schützengraben befällt mich eine tiefe Erregung. In einem Unterstand — es muss der Unterstand eines Offiziers gewesen sein — liegt ein zertretener und beschmutzter Wust von deutschen Postkarten und Briefen umher, die der Feind den Unseren abnahm, den Verwundeten, Gefallenen oder Gefangenen. Wieviel Liebe und Zärtlichkeit liegt da von russischen Stiefelsohlen hineingestampft in den blutigen Kot! Ich hebe so ein Blättchen auf. Es zeigt das Bild einer hübschen Frau mit zwei netten Kindern. Und klein gekritzelt steht da geschrieben: »Mein einziggeliebter Mann! Mit Freude habe ich Deine Karte erhalten. Gott sei Dank, dass es Dir gut geht! Halte Dich nur immer so brav, wie Du stets gewesen bist! Und ich bitte Dich, geliebter Mann, schau nur, dass Du nicht krank wirst. Es wäre schrecklich, wenn Du leiden müsstest, und ich könnte nicht bei Dir sein. Verzage nicht, mein Geliebter, ich bete ohne Unterlass für Dich! Auf Wiedersehen! Gute Nacht! Tausend Grüße und Busserln von mir und den Kindern! — Arme Frau! Arme Kinder! — Mir sind die Augen feucht, während ich nach ein paar anderen von diesen Blättern greife. Und da muss ich mich ärgern. Nur selten lese ich da ein tapferes, hilfreiches, aufrichtendes Wort, fast immer nur Sorge und Klage und Jammer! Und unter vier von diesen Briefen sieht gleichlautend in dreien, dass man daheim um teures Geld kein Mehl mehr bekäme, und dass man einer „schrecklichen Hungersnot" entgegen ginge! Das ist doch nicht wahr! Ist dummes Zeug! Wie kann man nur solch unüberlegtes

Gerede an unsere Soldaten im Felde schreiben! Wenn die Braven, die unter Gefahr und Feuer stehen, solch verzagtes Gewimmer von denen hören, die sie lieb haben — ist es da ein Wunder, wenn auch mancher unter ihnen verzagt? Und darf man dann schelten darüber, wenn die feindlichen Offiziere — wie gestern ein russischer Gefangener aussagte — ihren Soldaten die Lüge predigen: „Nur ein paar Wochen müsst ihr noch aushalten! Bis in einem Monat sind Deutschland und Österreich und ihr Volk und Heer verhungert!" — Ihr daheim! Bevor ihr ein Recht habt, von unseren Soldaten zu verlangen, dass sie um eures Lebens willen mutig sein und aufrecht bleiben sollen, müsst ihr selber aufrecht sein und den Mut in euch selbst erziehen! Schiebt alles Kleine und Kleinliche beiseite, seid so groß, wie ihr sein könnt, wenn ihr euch des eigenen Wertes besinnt! Schreibt an die Soldaten im Felde von eurer Zärtlichkeit und Liebe, aber schreibt nur aufrechte und helfende Worte, nur Worte des Mutes, Worte des Vertrauens, Worte des Glaubens an unseren Sieg! Die Brotkarte ist doch nur eine kluge Einrichtung, kein Schicksalsschlag! Und statt vor einer Hungersnot zu zittern, die gar nicht kommen wird, ist es doch wesentlich leichter, an einen Sieg zu glauben, der schon erfochten ist.

Wo ich stehe, wo ich hinblicke, überall umgeben mich unübersehbar die Beweise dieses Sieges. Alle Drahthindernisse der Feinde sind zerrissen, zerfetzt und halb verschwunden. Jeder Unterschlupf der Russen ist auseinandergesprengt zu einem wüsten Gewirre von Holzsplittern und Schlamm, vernichtet und zerrupft vom sicher gezielten Geschützfeuer der Unseren. Riesenhafte Geschoßtrichter sperren die braunen Erdmäuler auf, und von dem feindlichen Leben, das sie verschlangen, ragen noch Arme und Füße und verkrampfte Hände aus dem Geröll der Lehmbrocken. Hinter den zerschlagenen und erstürmten Wällen liegt eine Unmenge von Gerät, von Munition und Handgranaten, von Gewehren und Kleidungsstücken; Mäntel und Röcke sieht man, rote Hemden, Stiefel und Gamaschen, ein blaues Hemd, ein violettes mit blutfarbenen Korallenknöpfen.

Die Gefangenen sind schon fortgeführt, jeden Verwundeten hat man schon seit dem Morgen davongetragen. Nur die vielen Toten liegen noch umher, überall durch den Graben hin, in grauenvollen Stellungen, mit roten Gesichtern, die als Gesichter nicht mehr zu erkennen sind, oder mit aschfarbenem Antlitz, das umkrustet ist von einem Gemenge aus Staub und Erde. Und das Bild dieses russischen Todes, das gleiche Bild, wie ich es vor mir sehe über hundert Schritte, reicht in dieser Stunde hundert oder hundertfünfzig Kilometer weit gegen Norden und Süden, stromab und stromauf, über den ganzen langen, von den Unseren sieghaft zerbrochenen Frontwall der Feinde!

Ein quälendes Erbarmen ist in mir. Die da liegen, sind keine Feinde mehr; der Tod hat ihnen den Frieden gepredigt, sie sind bekehrt und wollen uns nimmer schaden. Ich schließe die Augen, ich kann diese Bilder des Grauens nimmer betrachten, verlasse den Graben, steige hinaus auf das grüne Frühlingsfeld — und stehe vor einem Bilde, das noch härter ist. Da liegen sie — die Unseren! die Graublauen im jungen Grün! Die Tapferen, die in der Stunde des Sieges für unsere Heimat und für unser Leben die Augen schlossen! Für uns! Ihr Millionen daheim, brennt diese beiden Worte mit der Glut des Dankes in eure Herzen ein: „Für uns!"

Viele, viele sind es, die da schlafen im Frühling! Auf dem offenen Saatfeld liegen sie alle mit den Köpfen und Gesichtern gegen den russischen Graben hin, von der Wucht des kühnen Ansturmes auch im Sterben noch gegen den Feind geschleudert. Wie schrecklich und wie schön ist dieses Bild! Und dort? Diese graublaue Perlenschnur der Tapferkeit! Am gelben Wallstrich einer Schwarmlinie liegt und kniet und kauert einer neben dem andern, Schulter an Schulter, treu aneinander gekettet, so, wie sie es waren in Kampf und Leben. Mancher, mit dem Schuss in der Stirne, liegt noch wie ein Schütz, der schießen will und das Gewehr im Anschlag hat. Andere haben sich niedergeduckt im ersten Schmerz, und so blieben sie. Nur wenige ruhen ausgestreckt wie Tote, fast alle sehen aus, als wäre noch Atem in ihnen.

Diese sonnverbrannten Gesichter sind anders als die Mienen der toten Russen, die ich sah. Die waren verzerrt, entstellt und verwüstet. In den Gesichtern der für ihre Heimat gefallenen Kaiserjäger und Landesschützen ist eine stille, zufriedene Ruhe, fast ein Lächeln. Und einen seh' ich, dessen Anblick so schön, wie ergreifend und rührend ist. Ein junger hübscher Mensch. Sein Antlitz und das graublaue Soldatentuch schimmern von Sonne. Ein dünner Blutfaden sickert aus seinem Ohr. Und so sitzt er im Höhlchen des Lehmgrabens, wie ein freundlich träumender Schläfer, die Hand mit einer kindlichen Bewegung über das ausgezogene Knie gelegt, ähnlich den schlummernden Johannesgestalten, die wir kennen von alten Ölbergbildern einer Zeit, in der man auf goldene Hintergründe malte. —

Dankbar beuge ich mich nieder, wickle mit zitternden Händen den noch gerollten Soldatenmantel auseinander und hülle ihn über Gesicht und Gestalt des lächelnden Schläfers. Soldaten, die umhergehen in meiner Nähe, gewahren, was ich tue. Sie kommen, sammeln die umherliegenden Mäntel und Wolldecken und breiten sie über die Körper und Köpfe der schlummernden Helden, damit sie nicht leiden müssten unter der heißwerdenden Frühlingssonne.

Mehr mag ich nimmer sehen, wende mich ab und gehe, bis der nahe, von lichtem Grün umsponnene Buchenwald mich aufnimmt. Und da finde ich ein Bild, das mich erschüttert und dennoch tröstet, ein Stücklein Leben, das sich aus angstvollen Stunden hinüberretten möchte in einen besseren Tag. Fast sieht es aus, wie eine „Flucht nach Ägypten". Es ist nur kein Vater Joseph da, der das rastende Eselein füttert, sondern ein zwölfjähriger Bub, der eine schwarz- und weißgefleckte Kuh festhält am Halfterstrick. Zwischen zwei großen, mit armen Habseligkeiten vollgepfropften Bündeln sitzt die junge blasse Mutter im Walde und trägt den Säugling eingewickelt in das wollene Brusttuch. Und an die Mutter schmiegt sich noch ein hübsches zweijähriges Mädelchen mit einem Gesichtel, dessen Augen ängstlich blicken, weil die nahen Geschütze brüllen und immer wieder im Wald eine platzende Granate dröhnt. Ich spreche mit der Frau und kann die politische Antwort nicht verstehen. Um das kleine Mädelchen aufzuheitern, schenke ich ihm eine Zweikronennote, nicht weil es Geld, nur weil es ein blaues Bildchen ist, wie Kinder es lieben. Und gleich vergisst das Mädelchen den ganzen furchtbaren Krieg und lacht und hat den Glanz einer kindlichen Freude in den Augen. An dieser Freude hab ich Teil. Ich höre die nahen Kanonen nimmer, denke nicht mehr an die vielen Toten, höre nimmer das Knattern und Tacken, das herauftönt aus dem rauchenden Tal von Tarnow. Ruhig schreite ich durch den grünen Frühlingswald und sehe immer zwei glänzende Kinderaugen und das lächelnde Bilderglück eines knospenden Lebens.

7.

7. Mai 1915.

Die Mittagsstunde des 4. Mai hat ein dröhnendes Glockenläuten, das sich zusammensetzt aus den ehernen Stimmen von hundert Geschützen und ihrem schweren, die Frühlingswälder durchrollenden Echo. Auf der Berghöhe von Lubinka — in dem Buchenwald, hinter dem ich den Ausblick über die bei Tarnow knatternde Verfolgungsschlacht gewinnen werde — stehen in der Breite eines Kilometers ein Dutzend Batterien, die seit dem Morgen aufgefahren sind und ohne Unterbrechung feuern. Ganz herrlich ist es, wie fleißig da die Graublauen von Österreich-Ungarn arbeiten! Die Ohren singen und klingen mir von dem ruhelosen Gebrüll in den Lüften, und manchmal versagt mir für einige Sekunden der Atem unter dem Luftdruck einer russischen Granate, die nah' im Walde platzt und nur den einzigen Schaden anrichtet, dass sie zwanzig oder dreißig Bäume verwundet.

Dieser zartgrüne Frühlingswald! Welch ein Bild! Hier liegen zwischen weißzersplitterten Baumstämmen die zweite und dritte Grabensiedlung der Russen. Beide wurden am Morgen, nach Erstürmung der Hauptstellung auf dem Bergkamm, von den Tiroler Jägern, von diesen jauchzenden „Blumenteufeln“, ohne viel Aufenthalt überrannt. In dem Wissen, dass man Sieger ist, wohnt eine Leben erhaltende Kraft — nirgends im Walde gewahr' ich einen ewigen Schläfer unserer Graublauen, nur gefallene Russen liegen da umher. Die meisten von diesen Toten sind ohne Stiefel. Haben ihre eigenen Landskameraden diese verfügbar gewordenen Juchtenschätze mit fortgenommen? Oder haben unsere siegreichen Landstürmer, deren Stiefelsohlen durchgetreten waren, hier nützlichen Ersatz gefunden? Recht so! Es ist der einzige Zweck des Todes: dem gesunden Leben zu dienen!

Ich sehe Russengräber, deren grobgezimmerte Kreuze wortreiche Inschriften tragen — die Hügel sind unordentlich aufgeschüttet, ohne Grün, ohne Blumen, und die plumpen Prügelkreuze sind Dokumente einer lieblosen Arbeitshast. Von den Leidtragenden wurde alle verfügbare Zeit dazu verwendet, um viele Worte zu pinseln. Noch ein anderes Zeichen russischer Kultur erkenne ich: so fest und umständlich alle feindlichen Verteidigungsgräben gebaut sind, so schlampig, unordentlich und miserabel sehen die Unterstände aus, in denen die russischen Soldaten wohnen und schlafen mussten. Wie wird in der Kampfruhe für die unseren gesorgt, hier im Osten und drüben im Westen! Und dieser Gegensatz! Ein Gefühl des Erbarmens überkommt mich

53

beim Anblick der hastig ausgewühlten Erdlöcher mit dem faulen Laub und dem bisschen zerlegenen Stroh, mit Unrat und Aschenmist, mit den schlechten Reisigdächern darüber! Russischer Soldat sein, heißt: gut bewaffnet werden, sterben und verderben dürfen und dabei als Mensch eine Nummer sein, die nicht zählt.

Zwischen umhergestreuten Geräten und verwüsteten Kleidungsstücken liegen zerschlagene Brettchen von russischen Wegweisern mit den neuen Namen, die der Feind den von ihm besetzten Dörfern und Städtchen gab. Ein voreiliger Irrtum! Diese Dörfer und Städte werden auch weiterhin den gleichen Namen führen, den sie bisher getragen. Und in den aufatmenden, vom Feinde erlösten Frühlingswäldern von Österreich-Ungarn wird für die Feinde kein Weg mehr sein, der einen Weiser mit russischer Inschrift nötig hätte. Der ganze Wald ist belebt, ist erfüllt mit den Bildern unseres vorwärtstreibenden Sieges, mit allen Zeichen einer kraftvoll einsetzenden Verfolgung. Meldereiter, die sich unter den Ästen auf den Hals des Pferdes beugen, huschen zwischen den Bäumen hin und her. Lange Reihen von Ulanen und Dragonern, die Gäule am Zügel führend, springen neben den Waldgassen, die angefüllt sind mit rasselnden Munitionskolonnen und mit Geschützen hinter galoppierenden Gespannen. Eine Deichsel bricht; gleich ist der Schaden ausgebessert und die Fahrt geht weiter. Beim Ausweichen sinkt ein Geschütz bis an die Räderachsen in den Schlamm hinunter; die sechs Pferde ziehen und zerren, kommen nicht weiter und wiehern mit schmetterndem Laut; zwanzig oder dreißig Graublaue springen lachend in den Dreck hinein, heben und schieben, lupfen mit Baumprügeln, und vorwärts geht es, und deutsches Heil! und Hurra! klingt zusammen mit lustigen Eljenrufen. Dabei immer das Sausen in den Lüften, das Krachen im Frühlingswald, und immer hört man, bald nah' und bald fern, die Kuckuckstimmen und das Gurren der Wildtauben, die sich im Sang ihrer Hochzeitslieder durch den Krieg nicht stören lassen.

Eine Karawane flüchtender Bauernweiber zappelt vorüber, mit Sack und Pack, mit Kindern, denen das flinke Rennen Spaß macht, und mit hopsenden Ziegen, deren große Euter hin und herschlenkern wie sturmlautende Glocken, die den Schwengel verloren und keine Stimme mehr haben.

Nun ist der Wald zu Ende. Draußen eine Feldkuppe mit blühenden Obstbäumen und kleinen Bauernhäusern. Über ihre Dächer sausen ohne Unterlass die Schrapnelle und Granaten von vier Batterien hinüber, deren Stichflammen aus den Stauden des Waldsaumes herausfahren. Dieses Dröhnen im Wald und dieses Pfeifen in den Lüften ist wie das Konzert einer schadhaft gewordenen Orgel, von der man nur noch die Blasbälge und die Kontrabässe hört. Eines der Bauernhäuschen ist die Beobachtungsstelle von zwei Batterien. Ich höre ungarische und deutsche Befehle; jeden vernehme ich dreimal, vom kommandierenden Offizier, vom Soldaten am Telefon und vom Telefonisten im nahen Wald. Beim Weg durch den Hausgang gucke ich in die stille Stube; ein Herd ohne Glut, ein leerer Tisch, ein leerer Kasten, ein leeres Bett, eine leere Wiege, und hinter dem Ofen steht zitternd eine magere, weißhaarige Greisin, die bei meinem Anblick das Gesicht bekreuzt und tiefer in den dunklen Ofenwinkel zurückweicht. Und hinter dem Haus, in der warmen Mittagssonne und unter blühenden Obstbäumen, finde ich junge Offiziere, die sich über Landkarten beugen und messen, Offiziere, die hastige Notizen in ihre Dienstbücher schreiben, und Offiziere, die beim Abhang des Hügels auf dem Bauch liegen und mit den Gläsern in die qualmende Ferne spähen.

Da drunten liegt ein meilenbreites, sanft gehügeltes Tal mit grünen und schwarzen Wäldchen, mit Saatfeldern und Brachäckern, mit Straßen und Hohlwegen, mit Strom und Bächen, mit Dörfern und Meierhöfen, mit Fabriken und Schlösschen, mit Gebäuden, bei denen man an Klöster denkt, und mit dem fernen großen Häuserblock und den spitzen Türmen von Tarnow. Und überall dampft es, Wälder und Häuser brennen; und sieben mächtige schwarze Rauchsäulen qualmen schräg über Felder und Gehölze hin, als stünden da drunten sieben Altäre von Abels bösem Bruder, dessen Opferrauch nicht senkrecht emporsteigen will zum blauen Schemel des Ewigen. Und immer ist da drunten ein Geprassel und ein Knatterlärm, wie wenn man tausend Teppiche und Polstermöbel klopfte. Granaten schlagen ein, die Schuttfontänen spritzen auf, und die vielen Schrapnellwolken, die scharenweise herausdampfen aus den österreichischen Geschossen, hängen über den Wäldern wie eine Volksversammlung von grauen Himmelsschäfchen mit rötlichen Bäuchen. Und über allem funkelt und lacht und schimmert die Frühlingssonne, und das ganze meilenweite Tal ist weiß gesprenkelt mit den Schneeballen der verschwenderischen Obstblüte.

Beim ersten Niederschauen in die Tiefe gewahre ich keine Spur von menschlichem Leben. Doch als ich ausgestreckt auf dem Rasen liege und mit aufgestützten Armen das Fernglas ruhig zu halten vermag, beginne ich zu sehen: winzige Figürchen, Hunderte, Tausende! In jedem

Hohlweg und bei jeder guten Deckung stehen wartende Kavalleristenschwärme, die Reiter neben den Säulen; plötzlich bewegen sie sich schnell und sind verschwunden und tauchen einige Minuten später bei einer anderen Deckung wieder auf, ein paar hundert Schritte näher gegen Tarnow hin. Und mir zur Rechten, auf dem steilen gelben Lehmhang eines Hügels, liegt ein Bataillon der Kaiserjäger und gleicht einer graublauen Käferwolke, die in der Sonne schimmert und blitzt. Wie dem Wink einer unsichtbaren Hand gehorchend, schwärmen sie plötzlich auf und flattern über den Hügelkamm hinüber und verbergen sich. Und noch weiter zur Rechten, ferne und immer ferner, auf jeder Straße, die herauskommt aus dem eroberten Höhenwalde, sind lange, lange Staubwolken zu gewahren, die vorwärts kriechen; sie haben einen dunklen Kern, der aussieht wie ein dünner, fast endlos geschlängelter Wurm. Das sind die Regimenter und Bataillone der Unseren, die aus dem Walde vorstoßen, hinter dem weichenden Feinde her. Und wo diese Straßen für die auf den Berghöhen jenseits der Biala versteckten Batterien der Russen sichtig werden, scheint jede von den graublauen Heerschlangen plötzlich ihren festen Leib zu verlieren und wirft ihre kribbelnden Tausendfüßchen zur Rechten und Linken in die grüne Saat hinaus. Das sind die Schwarmlinien, zu denen unsere Regimenter sich auflösen, um von Deckung zu Deckung vorzudringen. Nun sind sie verschwunden, alle, stundenlang ist nichts mehr von ihnen zu entdecken — und wo sie sind, das verraten nur zuweilen die grauen Himmelsschäfchen, die keine rötliche Unterseite haben: die Sprengwolken der russischen Schrapnelle. Manchmal kommen sie so hageldicht, dass mir eine schmerzende Sorge um die Unseren den Hals umklammert.

Während die fleißigen Brüllstimmen unserer Geschütze sich noch immer vermehren, kommt es mir gegen die fünfte Nachmittagsstunde so vor, als würde von den feindlichen Donnermäulern eins um das andere stumm. Ist ihre Munition knapp geworden? Oder beginnen sie abzuziehen? Um zu retten, was noch zu reiten ist? Nach dem Halt vermag ich nur noch vier russische Batteriesiedlungen zu unterscheiden — drei auf den Höhen über der Biala drüben und eine schwere Haubitzenbatterie. Die muss da drunten bei Tarnow stehen, in einem schwarzen Fichtenwäldchen. Und hart bedrängt sie die unseren! Immer späh' ich mit dem Glas zu diesem verfluchten Waldfleck hin, immer den Wunsch im Herzen: könnt' ich nur da drunten die Erde auseinanderreißen und alles verschwinden lassen, was sie trägt! — Geschehen Wunder? Werden heiße Wünsche zu brennenden Taten? Ein großer

Zarathustra des Krieges, unser Zweiundvierziger, sprach! Und da drunten steht eine grauenvolle, doppeltkirchturmhohe Qualmpinie, und aufzüngelnde Flammen fressen das schwarze Wäldchen und die Häuser, die in ihm stehen. Ich sehe mit dem Glas, wie ein Schwarm von weißen Haustauben den Rauchbaum umflattert, sehe braune Mannsfigürchen über eine Wiese flüchten, sehe fünf Reiter gegen Tarnow rasen, sehe hinter drei oder vier galoppierenden Rosspaaren etwas Schweres davonhüpfen, von Rauch umwirbelt, von Staub umschleiert — es muss eine Haubitze sein, die aus dem brennenden Wald noch zu retten war. Sie verschwindet hinter Stauden, aber noch lange seh' ich die Staubwolke. Und etwas anderes gewahr' ich in der Ferne: eine lange Wallfahrt von schwarzbraunen Käfern. Sie kriechen langsam, einer vom anderen durch einen Zwischenraum getrennt — ein Bataillon von Russen, die gebückt durch einen Hohlweg schleichen, um die schwache Besatzung eines Schützengrabens zu verstärken. Einen um den anderen seh' ich in den Graben hineinhüpfen, immer redet mein heißer Wunsch, der große Zarathustra schweigt, doch zwei oder drei Waldbatterien der Unseren beginnen den russischen Graben zu überschütten mit rotbäuchigen Himmelsschäfchen. Und alles im weiten Tale fängt zu glühen und zu leuchten an und wickelt sich in den Purpur des wundervollen Abends.

Ein Krachen und Klatschen. Unsere Höhe wird grob beschossen. Wir müssen in den Wald zurück und sind wieder mitten im Lärmgewoge des rastlos zuströmenden Nachschubes. Überall Soldatenschwärme. Schwere Mörser kommen angefahren. Rastende Pferde, die der heiße Tag hungrig machte, knabbern von den grünen Zweigen und fressen das Stroh, auf dem vor vierundzwanzig Stunden noch die Russen lagen. Zwischen den Frühlingsbäumen, unter den letzten Glutlichtern des Abends, rastet ein ungarisches Regiment. Es sind die siebenbürgischen Szekler, prachtvolle Gestalten, feste Kerle mit schwarzbraunen Gesichtern und klaren Blitzaugen. Sie sitzen dicht aneinander geschart, und einer erzählt mit heller Stimme, die anderen lauschen freudig und lachen immer in lustigen Salven auf. Zwei Granaten sausen in den Wald herein, ihr spritzendes Flammenspiel ist in der Dämmerung hell zu sehen, und die lustigen Ungarn lachen unbändig über diesen russischen Witz.

Grauer und grauer wird der Abend. Im Quartier erwartet uns ein Feuerwerk herrlicher Nachrichten. Überall Sieg! Überall Vorwärtsstürmen und Landgewinn! Und Scharen von Gefangenen! Und überall

treues und herrliches Zusammenwirken der Graublauen und der Feldgrauen! Ein Wunderfrühling unseres Willens zum Siege und unserer
vereinten Kraft! In dieser trunkenen Heimatsfreude wird uns die kurze
Mainacht zu einer Sache von unerträglicher Länge. Immer wieder und
wieder rappelt man sich aus dem Schlafsack heraus und lauscht auf das
ferne Dröhnen und späht, ob die Sonne nicht kommen will. Endlich
schimmert sie. Und nun wieder hinaus!

Ein dumpfes Donnerbrüllen geht ohne Unterlass über ferne Weiten
hin. Und rings um Tarnow scheint die Kanonade noch schwerer und
stimmreicher zu sein, als sie am verwichenen Tage war. Haben die Russen neue Geschütze herbeigeführt? Zu einer letzten verzweifelten Gegenwehr? Aber auch die Donnerstimmen der Unseren sind vermehrt,
die großen Mörser brüllen. Und wieder schau‘ ich von blühender Höhe
über das rauchende, qualmende, knatternde, tackende Tal hinaus, das
unter einem wundersamen Sonnenträumen des Morgens liegt. Beim
Schauen stiegen mir die Stunden hin, ich weiß nicht wie. Schon wieder
ist‘s Mittag geworden. Über die Hügelkämme fährt in der Sonne ein
fester Wind und treibt den Regen der weißen Blütenflocken. Und eine
heiße, wilde, wachsende Freude ist in mir. Wohin ich schaue, seh‘ ich
das kraftvolle Vorwärtsschreiten unseres Sieges. Zur Rechten, über der
Biala drüben, sind schon die Höhen genommen, auf denen gestern am
Abend noch die Russen waren. Und von da droben ziehen sich lange,
lückenlose, graublaue Linien und Bänder in das Tal herunter, an den
Waldsäumen und an den Rainwällen der Felder entlang: die gegen
Tarnow drängende Schwarmkette der unseren, der Landstürmer und
Tiroler. Die eiserne Schlinge, die um Tarnow gelegt ist, zieht sich immer enger und fester zusammen. Immer weiter, immer kühner dringen
die unseren vor. Lanzenförmig stoßen sie aus den kleinen Wäldchen
heraus und huschen über die Äcker, werden beschossen, sind umwirbelt von den kleinen Staubwölkchen des russischen Kugelschlages —
Herrgott, beschütze sie! — auf einem Brachfeld werfen sie sich hin,
liegen da wie ein graublauer Schimmerstrich, sind noch eine Weile zu
sehen, verschwinden langsam und sind versunken, schon eingegraben
und gesichert, zweihundert Meter von der letzten feindlichen Stellung
entfernt. Eine Sorge ist beschwichtigt in mir, hundert andere werden
lebendig. Überall, wohin ich schaue, ist die grüne Saat überhüpft von
diesen flinken, zierlichen, graublauen Figürchen. Aus Gräben und Deckungen springen sie heraus, rennen mutig über ungedeckte Stellen,
immer verfolgt von diesen Staubhuffern, und verschwinden wieder in

einem Graben. Nicht alle erreichen die Deckung. Einen seh' ich stürzen, er rührt sich nimmer, doch seine Mütze rollt noch weiter wie ein rasches winziges Tierchen. Und viele seh' ich liegen, viele, ach, so viele, hier und dort, im Grün und auf brachen Äckern und im Schatten der blühenden Bäume! Gott mit ihnen! In der Maienstunde des Sieges starben sie schön und stolz für die Heimat. Ihr Millionen zu Hause, grabt ihre Namen in Stein und Erz und grabt sie noch tiefer in eure Herzen ein! Sie starben für euch! Lasst ihre Frauen und Kinder nicht darben, die weinen müssen um eurer Freude willen!

Nicht alle, die liegen, haben geschlossene Augen. Manche bewegen sich noch. Und schon ist die Hilfe da! Tapfere Bahrenträger, heilige Helden der Menschenliebe, schreiten unter dem Pfeifen der russischen Kugeln aufrecht über das blutgetränkte Feld und beugen sich nieder und helfen und tragen, retten jeden noch glimmenden Lebensfunken.

Ich sehe nimmer. Alles schwimmt mir unter Schleiern. Neben einem blühenden Birnbaum sitze ich, die zitternden Hände auf dem Rasen, ein Spott meiner alten, waffenlosen Jahre, geschüttelt von meinem Schmerz, in jedem Blutstropfen durchglüht von der Größe dieser Stunden.

Das Dröhnen der Lüfte, das mich im Glanz des Abends umgibt, ist wie ein klingendes Gewölbe, immer das Tacken und Knattern, immer das Rauschen und Gerassel, stärker als je in diesen brüllenden Frühlingstagen! Etwas machtvoll Erhöhtes, etwas heiß Pulsierendes ist in allen Stimmen der Schlacht. Jede Weite des Tales dampft und raucht im roten Goldschimmer der niedertauchenden Sonne, die sich nach Westen neigt, dorthin, wo unsere Heimat ist.

Und ferne bei Tarnow, wo die deckenden Stauden der Auen enden? Dieser große bräunliche Klumpen, der so rasch gegen Osten drängt, auseinanderfährt zu vielen kleinen Gestalten und sich wieder zusammenknäult wie eine erschrockene Schafherde im Hagelsturm? Was ist das? — Russen! Fliehende Russen! Viele Hunderte! Etwas Komisches redet aus ihrem hastigen Gewimmel. Sie scheinen ungeduldig zu sein und wollen das Letzte nimmer erwarten! — Und über der Biala drüben? Dort! Auf den Höhen, auf welchen die vielen Straßen gegen Osten führen? Was geschieht da drüben? Was verbirgt sich unter dem vorwärtsschießenden Staubgewoge? — Durch das Glas erkenne ich rasende Kraftwagen, erkenne eine davonjagende Batterie, erkenne hetzende Reiterschwärme, Schwadronen fliehender Kosaken…

Sieg! — Ein Wort, so schön, wie das Leuchten des Abends!

Die schimmernde Sonne ist anzusehen, als wäre sie ein von brennender Liebe heißgeküsster Frauenmund. Nun will sie ruhen und legt sich schlafen, mit einem großen, herrlichen Feuerlachen.

Sieg! Sieg! Und die blühende Nacht vollendet ihn. Dann kommt ein Morgen in Duft und Glanz, still und weihevoll. Kein Dröhnen und Knattern mehr. Kein Schuss in der weiten Runde. Nur dieses Dampfen und Qualmen noch. Und überall ein beschwingtes rhythmisches Rauschen: der über das ganze Tal, über alle Straßen und Wege verteilte Lärm von nachrückenden Heerzügen, die dem fliehenden Feind auf den Fersen bleiben. Wohin ich schaue, sind herrliche Bilder von funkelnder Farbenfülle, und alle durchwirbelt von heiterem Leben. Sogar die Müdigkeit, die ich sehe, hat noch ein Lachen. Und das Schönste gewahr' ich im Tal der Biala. Hier haben die fliehenden Russen alle Brücken weggebrannt, und nun sausen Geschütze, Feldküchen und Munitionsprotzen über den Damm hinunter, durch das spritzende Wasser und drüben wieder hinauf über den steilen Hang. Die braven Rößlein zittern und schwitzen und triefen von Nässe und Schaum, aber sie ziehen und keuchen, und ist das Hindernis überwunden, so wiehern sie laut. Die Pioniere springen und zimmern und hämmern. Ein Notsteg wird gebaut. In der Morgensonne rastet ein Bataillon der Kaiserjäger. Eine Ziehharmonika dudelt, und unter dem Gelächter der anderen schuhplatteln zwei graublaue Tiroler Bergbuben, mit den schweren Tornistern auf dem Buckel. Ihre Gesichter glitzern von Schweiß, und so jauchzen und springen sie wie glückselige Narren. Ach, du herrliches Volk! Und deine tiefste Weisheit ist es, dass du immer Kind bleibst.

Vorüber an zerstampften Saaten, am Schutt zerschossener Häuser, an verkohltem Gebälk, an Granatentrichtern, an Verwüstung, an Wunden und Tod! Doch alle Lebenden lachen, alle Lebenden grüßen und winken. Und dann ein Bild, das ich im Leben nimmer vergessen werde!

Wer hat schon eine Stadt gesehen, deren tausend Menschen keinen Tropfen Wein genossen und dennoch wie Berauschte sind?

Ein flutendes Gewimmel. Grüne Triumphbogen sind errichtet, so schön, wie sie werden können in drei, vier Stunden. In allen Straßen von Tarnow wehen die Fahnen, österreichische und deutsche, ungarische und galizische. Ein trunkenes Jubelgeschrei, ein Gewirre jauchzender Stimmen. Wie helle Raketen schwirren aus dem Lautgewoge immer die zwei gleichen Worte heraus: „Franz Joseph! Franz Joseph!" Und das andere: „Kaiser Wilhelm!" Dieses Wort begleitet einen Zug von preußischen Husaren, die durch die Straße heraufrasseln und wieder verschwinden. Immer dieses Menschengedränge hin und her,

Christen und Juden, Greise und Kinder, Frauen, Mädchen und Blumen! Überall Blumen, Apfelblüten und blühende Birnbaumzweige, überall brennende Stirnen und schimmernde Augen — und dazwischen manchmal ein blasses Gesicht mit den scheuen Zeichen der Schuld und Angst. Jetzt eine tosende Jubelwoge. Die Kaiserjäger kommen. Ein Blumenstreuen, ein Händewinken, ein Küssewerfen. Einer von den Hochlandsbuben packt das netteste Mädel um den Hals und drückt ihm unter dem heiteren Lachen von tausend Menschen das Siegerbussel auf den roten Schnabel. Nun funkelt ein Reiterschwarm. Stille über den vielen Köpfen. Eine lange polnische Rede und eine kurze deutsche. Von den siegreichen Führern einer, General Fabini, der Divisionär der Blumenteufel, antwortet mit zwanzig festen soldatischen Worten und bringt das Hoch auf seinen kaiserlichen Herrn aus. Ein Jubel wie brausender Frühlingssturm. Und der klirrende Schwarm der Reiter funkelt in der Sonne davon, den Straßen entgegen, auf denen die Russen entflohen sind.

Kein Aufenthalt, keine Rast, kein Bissen und kein Trunk. Hinter dem Feinde her! Ich sehe das mit Freude und weiß: der Frühlingssieg dieser blühenden Maitage wird ein Vater von sprossenden Söhnen sein!

8.

20. Mai 1915.

In dem Bergwinkel, wo Galizien, Bukowina Hund Ungarn zusammenstoßen, sitze ich zu Delatyn im hübschen Garten des griechisch unierten Pfarrers und genieße den Schatten der kleinen Holzkirche. Vier große Ulmen, die schon ihr Laub haben, rauschen leise im warmen Sonnenwind. Zur Linken sehe ich rastende Trainkolonnen, das prächtige, den Pruth überspannende Pionierwerk der Karl- Franz-Joseph-Brücke und dahinter eine Kette sanft geschwungener Waldberge. Zur Rechten verdecken hügelige Obstgärten das von den Russen übel zugerichtete Städtchen, und grüne Feldhöhen verhüllen das Tal, in dem die feindlichen Stellungen liegen. Weit in der Ferne, gegen Stanislav und gegen Kolomea, dröhnen die Kanonen, und rings in der Nähe duften die blühenden Johannisbeerstauden, während ich den Inhalt der vergangenen Woche zu überschauen versuche.

Nach jenem herrlichen Morgen zu Tarnow kamen — nicht für die Soldaten, nur für mich — ein paar Ruhetage, alle in schöner Maisonne, alle überglänzt von der stolzen Freude unseres fortschreitenden Sieges. Der vorwärtsrollenden Front entrückt, war ich nun wieder ein saubergewaschener Kaffeehausgast geworden, der viele Zeitungen las und noch mehr Depeschen verschluckte. Nach der einfachen, klarverständlichen Größe, mit der die Dinge im Feld sich hineingezeichnet hatten in den grünen Frühling, wirkte nun das aus hundert Telegrammen und Journalberichten zusammengesetzte Bild der Tagespolitik wie ein unfassbarer Menschheitswirbel, wie ein phantastischer Hexentanz von Millionen verstörter Gehirne. Vor Jahren einmal, an einem Faschingsdienstag, hab' ich ein Maskenfest in einem Irrenhaus gesehen. An diesen namenlosen Wirrwarr von tragischem Schauder und grotesker Komik musste ich immer denken, während ich die Auslandsurteile über die Torpedierung der „Lusitania" las, die Demonstrationsdepeschen aus Italien, die Gemütsergösse englischer Minister, die Funkensprüche des Eiffelturms, die mit dem Strohhalm der Phrase aufgeblähte Weiherede des edlen, nur ein bisschen blassen Gaby d'Annunzio und die Berichte über die lehrreichen Kulturdokumente, die wir in der angelsächsischen Verunschenierung deutschen Barbarengutes zu erkennen haben.

Gegenüber dieser lieblichen Bilderfülle musste ich mich andauernd eines braven, philosophisch gesinnten Tirolers erinnern, den ich vor acht Tagen aus dem Kutscherbock eines Sanitätswagens sitzen sah. Er hatte einen Schuss durch die Mundhöhle, quer durch beide Wangen. In den Schusslöchern staken kleine rotgefärbte Wattepfropfen, die dem Tiroler ein Ansehen gaben, als hätte er außer seinem angeborenen Schnabel noch zwei neuerworbene Reservemäulchen. Ich fragte ihn, ob das nicht sehr unbequem wäre? Er schüttelte lachend den Kopf und antwortete: „Ah na! Dös ischt praktisch, Jatz kon i vor alle grauslichen Feindsleut auf oamol dreimal ausspeiben!" — Wahrhaftig, um den sublimen Kulturtanz unserer Gegner verdientermaßen würdigen zu können, sollte man die vermehrten Ausdrucksmöglichkeiten dieses mit überlegenem Humor gesegneten Tirolers besitzen.

Erquicklicher als das Studium der in den Journalen kondensierten Weltkomödie wirkte der Ausblick durch das Kaffeehausfenster auf den freundlichen Marktplatz und das frohe, vom Geist der großen Maitage beflügelte Leben der kleinen, deutsch gebliebenen Stadt. Hier war Luft, die man gerne atmete, und Klang, den man gerne hörte. Brüderliche Hände streckten sich, und man erwiderte mit festem Druck, war nach zwanzig Minuten gut Freund, redete frei von der Leber weg, lauschte mit Ohr und Herz auf die Sprache des anderen und verwandelte jede Zeitdebatte zu einer glühenden Schmiedestunde der gemeinsamen Hoffnung.

Reben gläubigen Zukunftsträumen gab es in dem lieben Städtchen auch schmerzende Bilder zu sehen: diese endlos heranfahrenden Sanitätskolonnen mit zwanzig und dreißig Wagen, die langen Reihen von Autos und verhüllten Fahrzeugen, alle mit dem Schutzschilde des Roten Kreuzes. Aber auch hier ein Aufatmen! Denn viele von diesen Wagen ratterten flink und lustig daher, und durch die offenen Fenster sah man Pfeifenqualm und heitere Gesichter. Saßen Deutsche drin, so sangen sie, und die österreichischen Graublauen sangen mit.

Von den Gesichtern, die da an mir vorüberlachten, erkannte ich manches wieder, als ich das von einem jungen Wiener Arzte musterhaft geleitete Lazarett besuchte und überraschende Heilerfolge sah, die durch die Sonnenbestrahlung der Wunden erzielt werden. Die Sonne ist eine große, geheimnisvolle Künstlerin; mit jedem Werk ihrer goldenen Feenhände überlistet sie den Tod und bereichert das Leben; und alles kann sie verschönen, auch die Züge und Farben des Leidens und viele Dinge, die hart zu sehen sind. Warm und zärtlich glänzte sie durch die Fenster eines Lazarettsaales herein, dessen ruhiges Schweigen zu mir redete mit hundert Zungen. Schon viele Offiziere und Soldaten haben mir von der namenlosen Mühsal erzählt, die sie zur Winterszeit auf den Karpatenkämmen im metertiefen Schnee und bei zwanzig

Grad Kälte zu überstehen hatten. Aber von den erschütternden Erzählungen, die ich zu hören bekam, hat noch keine so anschaulich zu mir gesprochen, keine hat mir das heroische Heldenmut und das klaglose Heimatsopfer der Karpatenkämpfer so eindringlich und überzeugend vor Augen geführt, wie es dieser weiße, von der Morgensonne durchschmeichelte Saal der vielen Schweigsamen tat, denen man die erfrorenen Füße und Hände amputieren musste. Einem solchen Bilde gegenüber korrigiert man in Reue jedes Unzutreffende Urteil, das man in der Heimwerkstätte seines politischen Missvergnügens fabrizierte, und jedes vorschnelle Wort, das die Ungeduld des Schlechterwissens ausgesprochen.

Mehr als Anblick und Erfolg der tapfersten Kämpfe erzählen die stillen Lazarettstunden vom Heldentum und den Seelenkräften unserer Soldaten. Welch' ein prächtiger und verlässlicher Offizier muss der Dragonerleutnant gewesen sein, der einem Bauchschuss erlag, vor dem Sterben noch einmal aus der Bewusstlosigkeit erwachte, mit heißen Augen umherspähte und als letztes Wort seines treuen Soldatenlebens die hastige Frage sprach: „Ist das dritte Korps schon da?"

Von einem jungen Deutschen, der im Kriegsspital des Hauptquartiers ein qualvolles Leiden standhaft bis zur letzten Stunde ertrug, hörte ich den Erzherzog Friedrich sprechen, den Oberstkommandierenden der österreichisch-ungarischen Armee. Dabei vernahm ich ein Wort, das auch etwas Wesentliches von dem fürstlichen Heerführer selbst erzählte, der es aussprach. Der Erzherzog sagte: „Das muss hart für ihn gewesen sein, so allein in der Fremde mit dem Leben abzuschließen, fern von seinen Kameraden, ohne Beistand seiner Heimat. Wie ich das gehört habe, bin ich natürlich gleich hingegangen." Dieses Wort gibt eine charakteristische Farbe für das Menschenporträt des liebenswürdigen und wohlwollenden Fürsten. Sprache und Wesen sind von stark wienerischem Einschlag, aus dem man Wärme empfängt. Seine Art, sich im Gespräch zu geben, hat eine ruhige Schlichtheit, bei der man sofort empfindet, dass sie aus gütigem Menschentum, aus ernster Lebensauffassung und vornehmer Gesinnung fließt.

Man sprach von den Maßregeln zur Bekämpfung der Infektionskrankheiten im Heer. Erzherzog Friedrich sagte: „Desinfizieren und Impfen und solche Sachen, gewiss, das ist alles sehr notwendig und hat seinen hilfreichen Wert. Aber das beste Vorbeugungsmittel gegen alle bösen Krankheiten ist Genügsamkeit im Essen und Trinken und eine verständige Lebensführung."

Als man davon sprach, wie häufig im Hinterland und namentlich in den großen Stadien abenteuerliche Gerüchte entstehen und wie schnell sie verbreitet werden, sagte der Erzherzog: „Das gibt's in der Front nicht. Wo käme man hin, wenn man da nicht ruhiges Blut behielte!"

An einer Mittagstafel im Hauptquartier des obersten Heerführers nahm auch ein fürstlicher Gast teil, dessen jugendliches Bild mich lebhaft fesselte, mich erfüllte mit suchenden Gedanken, mit Fragen an die Zukunft.

In jeder Prophezeiung, die man ernst zu nehmen hat, klingen neben den offenen Worten, die sie verkündet, noch leis vibrierende Untertöne, auf die man in gespannter Erregung lauscht. Doppelt schärfen sich Ohr und Blick, wenn es sich um eine Prophezeiung für das Erstarken und Aufblühen eines großen Reiches und Volkes handelt, das wir lieben, und wenn diese Zukunftshoffnung vor uns steht als atmendes Leben, mit lächelndem Mund, mit furchenloser Stirn und mit hellen Augen, aus denen der Glaube und das Vertrauen einer gereiften Jugend herausleuchten.

Ich sah einen schlanken Körper von bestem Ebenmaß, eine wohltuende Erscheinung voll natürlicher Frische, sah einen kräftigen, festgefügten Kopf, den dunkles Braunhaar umrahmt, und sah ein schmuckes Mannsgesicht mit gesunden Farben, mit offenem Blick und mit einer lebhaften, aufmerksamen Art, zu hören und zu schauen. Die Stimme hat sonoren Klang, die Worte fließen frei und ungezwungen.

Ein Tischgespräch ist kein ausreichender Brunnen der Menschenkenntnis. Ich darf da nicht einzelne Worte herausheben und zu deuten versuchen. Aber ein Wort, das ich hörte, glaube ich festhalten zu müssen, weil es auch ohne Deutung stark auf mich wirkte. Man sprach über die Verschiebung und Umwandlung aller völkerrechtlichen Begriffe in diesem Krieg. Auf meine Bemerkung, dass die Völkerrechtsprofessoren jetzt kaum mit Sicherheit wissen dürften, was sie im kommenden Semester als unverbrüchliches Prinzip des Völkerrechtes bezeichnen können, antwortete der junge Erzherzog Karl Franz Joseph, der Thronfolger der habsburgischen Monarchie: „Das verlässigste Völkerrecht ist eine starke Armee, gebildet aus einem Volk, das seiner Kraft bewusst ist und sie nie missbraucht."

Der jugendliche Fürst, von dem ich dieses Wort vernahm, scheint alles zu besitzen, was Popularität im besten Sinne zu gewinnen und den aufatmenden Zukunftsglauben eines Volkes zu erwecken vermag. Man sagt, er wäre politisch ein noch unbeschriebenes Blatt. Aber es lässt sich schon ahnen, dass auf diesem blanken Blatt eine gute, klare und energische Schrift erscheinen wird. — —

— — Während ich diese Worte niederschreibe, überglänzt die reine Maisonne den Pfarrgarten von Delatyn, alle grünen Zweige funkeln von Licht und Frühlingsglanz, ein feines Immensummen geht um die blühenden Johannisbeerstauden, und in der kleinen Holzkirche beginnt ein vielstimmiger Menschengesang voll inbrünstiger Schwermut. Immer stärker schwillt er an und wird so laut, dass der ferne Kanonendonner nimmer zu hören ist. Ich verstehe die Sprache dieser Sänger nicht und kann nicht wissen, was sie erbitten wollen von ihrem Herrgott. In dieser schimmernden Sonnenstunde, die der Atemzug eines neuen Werdens ist, weiß und fühle ich nur, was alle redlichen Herzen in Österreich-Ungarn zu erflehen haben von Gott und Schicksal, und was sie in den bevorstehenden Tagen erzwingen müssen von ihrem eigenen Zukunftswillen, von der eigenen Kraft und von dem Glauben an jenes heilige Menschenwort, das von der Treue sagt, sie wäre kein leerer Wahn. Heute ist der 20. Mai! Soll kommen, was mag! In uns ist der Glaube! Widersprüche und Ausnahmen beweisen nur die Vergänglichkeit des Unsauberen, beweisen nur das Ewigkeitsgesetz, das in allen reinen und ehrlichen Dingen wohnt.

Hier, in dem entlegenen Bergwinkel, kann man in dieser Stunde noch nicht wissen, was heut in der italienischen Kammer geschah. Aber seit heute weiß man hier im Heer, was vor zwei Tagen im Deutschen Reichstag verkündet wurde. Das wirkte wie ein Stoß gegen Brust und Kehle. Manchen zwang die Zeithärte zu ruhigem Urteil, aber ich hörte auch erbitterte Worte, sah zornglühende Stimmen und feuchte Soldatenaugen.

Ob der Kampf auf Tod und Leben, das gewaltsame Reinemachen unseres Tisches nicht das Bessere wäre, als eine unzuverlässige, widernatürliche, den Schwärenfraß nur fortschleppende Verträglichkeit unter dem Gegenwartsdrucke feindlicher Not? Bei diesem Gedanken ist eine schmerzende Beklommenheit in mir und dennoch eine starke, unbeugsame Hoffnung. Wie dieser Tag von heute auch entschieden wird — alle guten Zukunftsgeister von Österreich-Ungarn und alle gesunden Kräfte des Deutschtums werden zusammenhelfen, um aus dem Wirrsal dieser wahnwitzigen Zeit einen rettenden Weg zu finden, der nach aufwärts führt. So wird es kommen, so muss es kommen! Es ist ein falsches Sprichwort, zu sagen: „Not bricht Eisen!" Unser Wort wird lauten müssen: „Eisen zerbricht die Not!" — —

Ich konnte nimmer erzählen. Der Abend wurde hart für mich und hatte Fäuste, die das Wort erwürgten. Nun ist Mitternacht vorüber. Eine Kerze flattert und tränt. Draußen vor den offenen Fenstern des Delatyner Pfarrhauses raschelt der kühle Wind durch die schwarzen Blütenstauden; die Mondsichel hat sich versteckt, kleine Sterne flimmern und immer hör' ich von irgendwo das ruhelose Gerassel der Munitionskolonnen, ähnlich dem Rauschen eines großen Stroms. Wieder denke ich an jenes gute Wort, das ich vom Marschall des österreichisch-ungarischen Heeres hörte: „Wo käme man hin, wenn man da nicht ruhiges Blut behielte!" Und aus dem mächtigen Kriegsrauschen, das die Frühlingsnacht erfüllt, steigen liebe, geliebte Gestalten herauf und ich sehe die vielen Freunde, die ich besitze in meiner doppelten Heimat. Wundervolle Sonnenbilder kommen, alle, die ich erfreut und staunend gesehen habe bei meiner dreitägigen Fahrt durch das schöne Land von Habsburg. Sie ging vorüber an den glänzenden Schneegehängen der Hohen Tatra und entlang der grünen Karpatenkette, durch die weiten Fruchtfelder von Ungarn, wo die jungen Weizenhalme schon tischhoch stehen und sich wellen im Winde wie ein grüner See. Brot, Brot, du sprossender Gottessegen, du heilige Nahrung der Tapferen, die um Leben und Größe ihres Vaterlandes ringen!

Die Obstblüte ist schon fast vergangen, beginnt sich zu wandeln in schwellende Köstlichkeiten, ist abgelöst vom blühenden Flieder. Mit der Fülle seiner violetten Trauben schmückt er die kleinen Bauernhäuser und begleitet die Straßen und Hecken. Überall eine lachende Farbenfreude, an den Wohnstätten und in der bunten Tracht der jungen und alten Leute. Burschen sieht man nicht, nur Greise und Knaben. In den Flüssen stehen lange Zeilen von Frauen und Mädchen, haben die Röcke hochgeschürzt und klopfen unter Schwatzen und Gelächter die weiße Wäsche. Auf allen Weideflächen sieht man große Herden von Kühen, von Schafen und Schweinen, von Pferden und Fohlen. Auch auf der Straße, wenn ein Lastwagen herankommt, tänzelt ein Füllen neben der ziehenden Mutter.

In einem Bahnhof stehen drei Züge, die ein Regiment Bosniaken bringen. Alle Wagen sind vollgepfropft mit den stämmigen Gestalten, die den grauen Fes tragen, aus allen Türen und Fenstern gucken die sonnverbrannten, schnauzbärtigen, lachenden, weißzähnigen Mannsgesichter heraus.

Städtchen und Städtchen fliegen vorüber, und nun geht die Fahrt den Karpaten entgegen, empor durch das schöne Bergtal der schwarzen Theiß, durch herrliche Eichenwälder. Nirgends ein Bild der Zerstörung, nirgends ein Schrecken des Krieges. Man sieht nur manchmal neben der Straße ein niedergebrochenes Pferd im Graben liegen. Aus quirlenden Staubwolken huscht ein Auto ums andere heraus, und in guter Ordnung gehen die Kolonnenzüge hin und her. Die Tracht der Landleute, auch die Bauweise der Hütten wird fremdartig. Es halbasiatelt ein bisschen, und manchmal glaubt man indische Dörfer mit Büßern in weißen Hemden zu sehen. Immer dichter reihen sich die Feldzugsbilder aneinander, eroberte Geschütze rasseln an uns vorüber, und wieder und immer wieder kommen lange Züge von russischen Gefangenen.

Jetzt ein wundersames, von Farben funkelndes Bild: die Straßenserpentine, die steil hinaufleitet zum Tatarenpass. Alle zwanzig Wegschlingen, die einander überklettern, sind angefüllt mit einer Doppelreihe von gleitenden Fuhrwerken, von Geschützen, Munitionswagen und Feldküchen. Und alles rüttelt und knattert, schreit und wiehert und schimmert. Und je höher das hinausgeht, umso kleiner werden alle Figürchen, bis sie droben auf der Passhöhe, wo sie als schwarze Silhouetten sich abheben vom glühenden Abendhimmel, so winzig sind wie das Spielzeug eines reichen Knaben, der seine tausend Bleisoldaten und Rößlein aufstellte.

Unser braves Auto muss klettern wie ein Eichkätzl und sich durchwinden wie ein Wiesel. Dann im Gold des Abends noch die kurze Fahrt nach Delatyn, über dessen ausgebrannte und von den Russen geplünderte Häuser von der nahen Front die Kanonen herdröhnen. Gute Nachricht empfängt uns. Seit vielen Tagen wurde hier zwischen Radworna und Kolomea erbittert gekämpft. Nun ist der feindliche Angriff abgeschlagen und dreitausend gefallene Russen liegen vor den Drahthindernissen und Schützengräben der tapferen: Steiermärker.

Bei Anbruch der Nacht besuche ich noch ein Lagerfeld, auf dem zwei italienische Bataillone vor dem Abmarsch gespeist werden. Hier ist viel Lärm. Die Offiziere und Unteroffiziere haben heisere Stimmen. Wie die Feuer lodern und den Wirbelhauf der schwarzen Gestalten rot anstrahlen, das ist schön und malerisch. Aber ich habe für diesen Nachtzauber nicht die rechten, aufmerksamen Augen. Wo ich hinhorche, wird von porco und pane, von spaghetti und vino gesprochen. Diese Sprache zwingt mich, an andere Dinge zu denken.

Was wird uns der kommende Morgen bringen? — — —

*

Der Morgen ist da. Und nun wissen wir's: Italien, unser Bundesgenosse seit dreißig Jahren, hat sich für den Anschluss an unsere Feinde entschieden.

Es gibt ein altes Sprichwort, das ein kluger Italiener über sein Land und Volk ersann: „Meer ohne Fische, Berge ohne Bäume, Frauen ohne Scham, und Männer, die keine Treue kennen!"

Nein! Nicht schelten! Wollen wir Sieger bleiben in dem Kampf, der nun beginnt, so dürfen wir unseren Gegnern nicht ähnlich werden. Wir müssen überwinden, was an dieser sonderbaren Sache schmerzlich ist, und jeder von uns allen wird leisten, was er vermag, mit Fäusten und Gedanken, mit Besitz und Blut.

Wie seltsam: dass dieser schwere Morgen so ruhig machen kann, fast heiter! Und prachtvoll ist die Haltung der Offiziere, deren Gast ich bin! Kein Zornwort, keine übermütige Rede. Die einen sprechen fröhlich, die anderen sind ernst und schweigsam; doch in allen Augen ist der gleiche Glanz. Und die soldatische Arbeit geht weiter, als wäre nichts geschehen, was das Heute anders machen könnte, als das Gestern war.

9.

Offener Brief an Peter Rosegger.

24. Mai 1915.

Lieber, verehrter Freund! — Weißt Du, wo ich bin? Am Ufer des Pruth, bei den Kärntnern und bei Deinen Steiermärkern! Und weil Du sie kennst wie keiner, drum weißt Du auch gleich, dass ich Gutes und Erfreuliches von ihnen zu erzählen habe. Freude kann man augenblicklich brauchen. Die Zeit ist alles, nur nicht lieblich. Aber lass mich schweigen von ihren Eigenschaften, lass mich das erledigen mit den zwei kurzen, völlig ausreichenden Worten: „Pfui Teufel!" — Immer hab' ich die italienischen Pomeranzen so gerne gegessen! Seit vier Tagen hab' ich sie abgeschworen und bleibe bei unserem deutschen Brot, bei meinen bayerischen Haselnüssen und bei den guten österreichischen Äpfeln.

Aber lass mich erzählen! Ich weiß von schönen Dingen, die für die Millionen daheim in diesen harten Tagen viel wichtiger sind als mein patriotisch gereinigter Speisezettel.

Denke Dir am östlichen Hange der Südkarpaten einen Frühlingsmorgen, der mit zauberhafter Schönheit so verschwenderisch übergossen ist, dass ihn meine Feder nicht zu schildern vermag! Ahnend wird Deine Dichterseele ihn schauen!

Wir reiten durch einen aus hundertjährigen Tannen und Buchen gemischten Wald hinauf. Alles funkelt von Tau und Sonne, von frischem Blättergrün und zitterndem Lichterblau. Viele Wildtauben gurren, überall ist zärtlicher Amselschlag zu hören, der lustige Finkenpfiff und das heimlichtuende Pisperlied der kleinen Meisen. Und wie eine muntere Narretei des Frühlings sind die unzählbaren Kuckucksstimmen, von denen zwanzig und dreißig auf jedem Waldgehäng die unisono gestimmte Occarina blasen. Ach, lieber Freund, wie fröhlich könnte da die Menschenseele werden, wie dankbar dem lieben Herrgott, der den Mai und die Erde so schön gemacht! Es ist nur leider ein Teufelslachen in aller Schönheit! Der Zorndämon von heute kichert nicht wie ein nettes Mädel; sein wildes Lachen ist wie die brüllende Donnerstimme eines schweren Ungewitters. Doch der Morgenhimmel ist blau und rein, nicht das kleinste natürliche Wölflein hängt da droben, nur manchmal ein künstliches — und wenn es grau zerfließt, dann prasselt etwas Hartes durch das junge Blättergrün herunter. Tauperlen, wenn sie fallen, machen es leiser. Auch der Hagel des Himmels ist nicht

70

so grob. Ich besorge, der schöne Frühlingswald wird bösen Schaden erfahren. Und nicht nur der Wald allein. Aber alles heilt wieder, alles vernarbt, und jedem mutigen Leiden ist der Lohn gewiss.

Wie es enden wird, das wissen wir alle. Mit unserem Sieg! Freilich, bei jedem Glauben ist auch immer ein bisschen Aberglauben. Und wenn man unter dem Teufelslachen der Gegenwart an Glück und Leben und Zukunft seines Volkes und seiner Heimat denkt, und es schreien dabei so viele Kuckucke im maienden Buchenwald, da muss man doch einmal zählen! Nicht? Ich suche mir natürlich keinen von den fleißigen jungen Schreiern aus. Das wäre für unsere harte Arbeit, bei der wir die Zähne feil übereinanderbeißen müssen, kein verlässliches Orakel. Einen gereiften, weisen Hahn muss ich wählen, der vorsichtig und mit den Worten sparsam ist. — Während ich lausche und wähle, klingen die Hufeisen unserer Pferde mit feinem Ton über die Kieselsteine des Waldweges hin. — Jetzt hab' ich meinen Propheten! Ein ganz alter und kluger scheint es zu sein; er lässt sich nur selten hören, ruft nur immer fünf- oder sechsmal, und dann schweigt er wieder. Eine fast schmerzende Erregung ist in mir, während meine Seele lautlos spricht: „Lieber Kuckuck! Rufe! Rede zu meinem Glauben und zu meiner Hoffnung! Und wenn du mehr als zehnmal rufst, so weiß ich, dass Neid und Hass und Treubruch nicht aufkommen sollen gegen unser redliches Zusammenhalten, gegen unsere gesunde Kraft und unser reines Gewissen!"

Nun lausche ich. Es dauert lange. Viele Kuckucke rufen, nur der unsere nicht. In Erwartung spannen sich alle Nerven. Endlich beginnt der Weise des Frühlingswaldes zu prophezeien. Und nun rate, lieber Freund, bis zu welcher Ziffer ich zahlen musste! — Bis Hundert und sieben! — Nenne mich bald Sechzigjährigen ein Kind, nenne mich einen Toren! Aber ich muss Dir bekennen, dass mich eine Freude ohnegleichen erfüllte, und dass es mir heiß herunterkugelte über die Wangen. Und denke Dir, Peter: in diesem Augenblicke sagt der junge schmucke Leutnant aus Kärnten, der an meiner Seite geht: „Sonst, wenn der Kuckuck schrie, hat man immer an Liebe oder Geld gedacht. Jetzt denkt man nur an den Sieg!"

So war es. Und dennoch war es anders. Man kann's erleben und fühlen, nicht erzählen. Weißt Du, unter dem Dröhnen der Geschütze und auf dem Boden, der das treue Blut der Unseren verschluckt, hat jedes kleinste Ding ein Gesicht, größer und heiliger, als es der Gläubigste in der Heimat zu ahnen vermag. Und wenn Du jetzt erschrocken zu mir sagen würdest: „Du Unvorsichtiger! Was hättest Du getan, wenn der dumme Kuckuck nur neunmal gerufen hätte?" — dann würde ich Dir antworten: „Erstens hat er hundertsiebenmal gesungen! Und zweitens, hätte er's nur acht- oder neunmal getan, so hätte ich ruhig zu ihm gesagt: Du lügst, ich glaube nicht dir, ich glaube an unsere Kraft, an unsere Treue, an unseren Willen, an unsere Zukunft! Amen."

Und komm, lieber Freund, jetzt führe ich Dich auf den Gipfel eines Karpatenberges, auf die von Sonne umflutete Kappe der Lysagora, und zeige Dir ein meilenweites, wundersames Tal, von aller Herrlichkeit des Frühlings überschimmert, durchwunden vom Silberband eines großen Stromes, fein gesprenkelt mit Dörfern und Städten, grün überkräuselt von zahllosen Wäldchen und in der Ferne abgeschlossen durch Höhen und lange Forste, die schleierig umsponnen sind vom Dufte des Morgens. Ein Bild, so schön, dass man in Andacht den Hut abnehmen und dem Schöpfer danken möchte! Aber in dem schönen Bilde ist ein Rätsel, eine seltsame Lebensleere. Viele Straßen. Doch nirgends ein Wagen, nirgends ein Mensch. Und in den Dörfern und Städten keine läutende Morgenglocke! Ist heute ein hoher Festtag, sind alle Menschen in den Kirchen, und wird zur Ehre Gottes mit vielen Böllern geschossen? Denn immer dröhnt es in den Waldverstecken, immer stehst Du die Rauchringe wirbeln, immer saust und singt es in den Lüften. Und viele Qualmsäulen steigen, ferne Häuser brennen — in dem festlichen Schönheitstraum dieses Morgens sieht das aus wie wehende Rauchfahnen von Freudenfeuern.

Was Du erblickst da drunten, ist das Schlachtfeld von Radworna und Kolomea, ein roter Acker der Vaterlandstreue, der ruhmreiche Kampfboden Deiner Steiermärkter und Kärntner, der Graublauen von Laibach und Klagenfurt, von Graz und Marburg! Siehst Du in der Talsohle den langen, dunkelgelben Erdstrich, der sich endlos hinzieht durch die grünen Saaten? Das ist der Wall des russischen Schützengrabens. Und dort, wo der Wall eine kleine Lücke hat, da siehst Du ein schwarzbraunes Figürchen erscheinen; es schleicht geduckt in eine Wiesenmulde hinunter, richtet sich hinter einem schützenden Erdbuckel auf und verschwindet. Das ist ein Feind, ein Russe. Diesen einen siehst Du, viele Zehntausende liegen verborgen in den Gräben. Und nun zähle neunhundert Schritte gegen uns! Da siehst Du etwas Schimmerndes, ähnlich einer langen Perlenschnur. Das ist die Grabenzeile der Österreicher, mit den Unterständen, Erdhöhlchen und Reisighütten, in die wir von rückwärts hineinschauen. Überall ist da ein Gefunkel in der Sonne, überall ein feines Aufblitzen, ein bläuliches Farbenleuchten, ein flinkes Hin und Her, ein rastloses Kleinleben. Das sind die

Tausende der Unseren, welche schanzen oder bei den Schießscharten stehen, sind Deine braven, tapferen Steirerbuben! Heute können sie ein bisschen aufatmen, denn die Russen mit ihren verprügelten Köpfen sind bescheidener geworden, haben sich verkrochen und halten sich ruhig. Aber vier harte Tage und Nächte liegen hinter den Deinen. Wie eine schwere, riesige Menschenwoge kam der Feind, in einer Dichte von zwölf und vierzehn Gliedern. Fielen die ersten Reihen, so drängten die anderen nach, jeder abgeschlagene Angriff wurde zu neuem Sturm, vier Tage und Nächte so, ohne Aufatmen — minder starke Herzen, als sie unter den Rippen Deiner Steirer und Kärntner pochen, hätten verzagen müssen vor dieser antosenden Übermacht — die Deinen wichen nicht, für Volk und Heimat standen sie wie stählerne Bäume, und am fünften Mittag waren sie die Sieger! Und jetzt nennt man sie „das eiserne Korps".

Ich weiß: nun ist neben allem Stolz auch ein bedrückender Gedanke in Dir. Wir wollen ihn verschweigen. Die Zeit ist so, dass unsere Schmerzen nimmer zählen dürfen, nur unser Glaube und unsere Hoffnung. Nimm mein Glas! Siehst Du vor dem Graben der Unseren das feine, endlose Gespinst da drunten? Vor diesem Gewirre von eingeschlagenen Pfählen und glitzerndem Stacheldraht, vor diesem Webewerk des Krieges siehst Du etwas liegen, weit zur Rechten und weit zur Linken hin! Etwas Furchtbares! Und dennoch atmet man auf wie bei einem Gedanken der Erlösung. Ein Gemenge von Braun und Schwarz und Weiß und Aschenfarbe ist es. Und völlig unbeweglich. Das sind die Reihen und Haufen der gefallenen Feinde. Denke nicht, dass es Menschen waren — denke nur an Deine braven Bergbuben, die sich standhaft des anflutenden Todes erwehrten!

Und jetzt, lieber Freund, erlebst Du ein paar Minuten, die Dir in aller Erschütterung dieser Stunde eine Freude geben. Aus dem Schatten des frühlingsgrünen Buchenwaldes, der sich herumzieht um die Sonnenkuppe der Lysagora, klingt ein Lied heraus, gut und hübsch gesungen von sechs oder sieben Jünglingsstimmen. Ich meine, Du kennst dieses Lied vom sehnsüchtigen Buben, der den Pfarrer, die Mutter, den Vater und den Herrgott fragte, ob er lieben darf! Und nur der Herrgott findet, wie halt immer, die richtige Antwort:

„Ei ja freili, sagt ʼr, und hat glacht,
Zwegen die Buaben hab i ʼs Dirndl gmacht!"

Siehst Du die anderen liegen und rasten im Schatten? An die vierzig sind es, gesunde und feste graublaue Jungen. Manche haben die Stiefel heruntergezogen und strecken die nackten Füße in einen warmen Sonnenfleck. Nach Kampf und Gefahr, nach Marsch und Mühsal und vor neuem, noch härterem Ringen ruhen sie und erquicken sich an einem Heimatsliede — an Deinem Lied! Gelt, Peter, das freut Dich! Auch Du kein Greis und kein Waffenloser! Auch Du ein jugendlicher Kämpfer inmitten Deines Volkes, ein hilfreicher Sanitätsmann der tapferen Seelen!

Nun singen sie ein anderes Lied. Der zärtliche Klang wird ein bisschen gestört. Immer redet eine laute strenge Stimme dazwischen. Jetzt hör' ich sie sagen: „Von Stelle zwölf ist gemeldet, dass ein hoher Steilschuss abging." Im Waldschatten singen die Bergbuben:

> „Und i liab di so fest,
> Wie der Boam seine Äst' —"

Am Telefon die strenge Stimme: „Der Beobachter soll nicht auf das Liedl horchen, sondern auf den Schuss Obacht geben!" Dumpfes Dröhnen quillt aus der Ferne her, und die Graublauen singen im Frühlingswald:

> „Wia der Himmel seine Stern',
> Grad so hab' i di gern!"

Die Stimme dazwischen: „Ist der Schuss beobachtet?" Und die Antwort lautet: „Jawohl! Der Schuss sitzt."

Komm, lieber Freund, wir wollen zu den Braven hinuntersteigen, die so verlässlich zielen, und wollen ihnen die Hand drücken und ein Vergeltsgott sagen! Hörst Du, wie ruhelos die Kuckucke rufen? Und während wir niederwandern durch den träumenden Maiwald, klingt hinter uns das dürstende Lied:

> „Sei gegrüßt in weiter Ferne,
> Teure Heimat, sei gegrüßt!"

Wir kommen durch ein kleines Dorf, das von Graublauen wimmelt, von Rossen und Wagen, von ruhigen Landleuten und scheublickenden Städtern. Menschen liegen im Heckenschatten der Straßengräben, und aus den Fenstern der ausgeräumten Häuser gucken Pferdeköpfe mit kauenden Mäulern heraus. Das Dörflein hat heute der Einwohner zehnmal mehr, als es unter seinen Strohdächern beherbergen kann. Und noch immer kommen lange Züge von Evakuierten, zu Fuß und zu Wagen, überwirbelt von Staub. Oft hängen auf einem solchen Wägelchen fünfzehn und zwanzig droben, dicht aneinandergeschmiegt, mit den Armen sich umklammernd. Viele, viele Mädchen sind dabei; die Hässlichen machen sorgenvolle Gesichter, die Hübschen sind fröhlich und können lachen; sie wissen: junge Schönheit ist auch in der übelsten Not noch ein Wegweiser und eine Hilfe! — Reben dem Schwarz der städtischen Mannskleider und neben den modischen Damentoiletten, die im Gewirre dieses Kriegsbildes mit grotesker Komik wirken, siehst Du die buntfarbigen Trachten und die weißen Leinwandröcke der Bäuerinnen leuchten. Und immer wieder kommt das gleiche Bild: im Baumschatten neben der Straße sitzt eine Mutter und stillt an der welken Brust den Hunger ihres Säuglings.

Was mag Gott sich gedacht haben, als er bei der Schöpfung das Menschenkind so hilflos machte und den Sprössling des Tieres so lebensfertig? Sieh diese Fohlen an! Ein paar Wochen, oft nur ein paar Tage sind sie alt und finden sich zurecht im Staub des quirlenden Straßengewühles, sind im Guten und Bösen die gelehrigen Schüler der im Geschirr ziehenden Mütter. Scheut die Stute vor gefährlichen oder ungefährlichen Dingen, so macht das zappelige, erschrockene Füllen jedes Aufbäumen und alle verrückten Sprünge der Stute mit. Ist die Mutter verständig und furchtlos, so ist es das Kindchen auch.

Mir scheint, aus diesem Bilde redet eine tiefe Lehre der Natur. Auch eine Lehre für uns, die wir nicht Tiere sind. Ihr Menschenmütter von heute, ihr Millionen in der Heimat, bleibt um eurer Kinder willen ruhig, furchtlos und besonnen! Durch Verzagtheit würdet ihr bedrohen, was eures Blutes ist. Euer Mut und eure mütterliche Tapferkeit werden eure Kinder führen und aufrichten, werden heiligen Anteil haben an dem Siege, den wir gewinnen! —

Sieh, lieber Freund, wir haben unser Ziel erreicht! Der Weg war weit. Es will schon Abend werden, und der Himmel ist nimmer klar. Graue Dünste ballen sich in der Höhe, und da drüben, wo die Feinde sind, hebt sich über den Horizont eine stahlblaue Wolkenwand herauf. Wo wir uns befinden und was wir gewahren an mächtigem Kriegsgerät, das müssen wir verschweigen. Aber den Hunderttausenden, die auf deine Stimme hören, sollst Du erzählen von dem Unterschied, den Du hier erkennst. Hier, wo jede nächste Stunde den Tod bringen und Wunden schlagen kann, ist keine Unruh, keine nervöse Hast. Hier ist heitere Festigkeit, gläubige Zuversicht und selbstverständliche Ruhe, trotz dem Donnergebrüll, von dem wir mit Sicherheit nimmer zu sagen vermögen, ob die Haubitzen es machen oder die Wetterwolken. Und alle die jungen Offiziere und Geschützmannschaften, bei denen wir da stehen, wissen bereits, dass das reichliche Rudel unserer Feinde sich noch vermehrt hat um die zitronengelbe Gestalt der Untreue und der schamlosesten Habsucht. Nur ein Blick, Peter Rosegger, nur einen einzigen Blick in die braunen, gesunden Gesichter und in die klaren Augen der Deinen! Und Du wirst aufatmen, wirst noch ruhiger und gläubiger werden, als Du schon immer warst! Wie fest und herzlich ist der Druck ihrer sonnverbrannten, stählernen Hände! Wie warm ist der Klang ihres deutschen Grußes: „Heil!" — Jetzt am Abend rufen die Kuckucke nimmer; doch dieses eine, kleine deutsche Wort ist das bessere Orakel, als hundertundsieben Kuckucksrufe.

Aber komm, wir dürfen nicht stören! Die ernste Arbeit, die hier geschieht, hat Eile, jetzt mehr als je. Stelle Dich da her an den mit grünen Zweigen verblendeten Erdwall und nimm mein Glas! Von dem großen Bilde, das Du am Morgen in der Sonne gesehen, siehst Du jetzt im Gewitterschatten des Abends nur einen kleinen Ausschnitt. Erkennst Du da drüben, acht Kilometer weit, den rauchigen Waldsaum und das schlossartige Haus mit dem roten Dach? In dem Walde steckt eine russische Reserve, in dem Haus ihr Stab. Ein Donner hinter uns. Und durch die dunkelnden Lüfte geht ein helles Sausen davon. Fast hört es sich an wie das langgezogene, jauchzende Grußwort: „Heiiiiil!" Nun blick' hinüber zu dem roten Haus! Siehst Du die grauenvolle Feuergarbe? Und den Höllenwirbel des braungelben Rauches? Wieder dröhnt es neben uns, wieder singt der deutsche Gruß in den Lüften, und wieder schlägt die Ekrasitgranate auf die gleiche Stelle hin, genau auf den gleichen Fleck. Nun verweht der Sturmwind des ausbrechenden Gewitters das braungelbe Rauchgewoge. Wo ist das Haus mit dem roten Dach? Wo sind die Feinde, die unter diesem Dache waren?

So, Peter Rosegger, schießen Deine Steirer und Kärntner, wenn es um Leben und Glück der Heimat geht! Und lass uns aufblicken zum Himmel, der die Verlässlichen segnet und die Ungetreuen verachtet! Sieh, der Himmel will unser Bundesgenosse werden an Stelle des namenlos gewordenen Dritten, der uns verließ! Sieh, wie die Flammenblitze Gottes baumdick niederfahren auf die dunklen Wälder, in denen die Feinde sich verbergen!

— Der Regen rauscht. Eine jagende Fahrt durch die Wetternacht. Nun werfen wir die triefenden Mäntel ab und sind bei den Stabsoffizieren des steirischen Korps. Eine Tafel, die freundlicher ist, als reich.

Der Ernst der Stunde beherrscht uns alle. Einer sieht auf und liest mit ruhiger Stimme das Manifest Deines Kaisers vor. Dann drücken wir uns die Hände, jeder nickt befriedigt, jeder sieht dem anderen gläubig in die Augen.

Starke, feste, treue und aufrichtende Worte sind es, die Dein Kaiser zu seinen Völkern sprach. Und wahr ist, was er sagen musste: „Ein Treubruch, dessen gleichen die Welt nicht kannte!" Durch dreißig Jahre haben diese Namenlosen sich fett gemacht in unserem Wohlwollen, haben gierig genossen aus unseren offenen Silberschüsseln, und nun schürten sie die eklen Exkremente ihrer schamlosen Seelen auf unseren reinlichen Siegertisch!

Wär's nicht so widerlich, so könnte man lachen darüber, wie über einen zynischen Bajazzospass. Zu unserem Troste wissen wir dieses Eine: In allem, was Leben und Ehre heißt, walten Gesetze der ewigen Gerechtigkeit. Der Redliche und Starke, wenn die Schlechten ihn verlassen, wird stärker, als er war — der Schlechte, wenn seinesgleichen sich zu ihm gesellt, wird schwächer, als er noch je gewesen. Zahlen und Ziffern stehen außerhalb dieser Gottesrechnung.

Nun komm, lieber Freund, wir haben in dieser rauschenden Gewitternacht nur eine kurze Ruhe vor uns. Wollen wir morgen Deine tapferen Grazer in ihrem Schützengraben besuchen, dann müssen wir schon um Mitternacht aus dem Schlafsack heraus. Zu den Deinen, in deren treuen Seelen so viel Tag und Sonne schimmert, kann man jetzt nur hineinschlüpfen, wenn es dunkel ist. Sobald der Morgen zu grauen anfängt, fliegen die russischen Vögelchen mit den harten Federn. Sie fliegen wohl auch in der Dunkelheit. Viel fleißiger noch. Aber da wissen sie nicht recht, wohin.

Also, morgen auf Wiedersehen! Und gute Nacht, lieber Freund! Wir beide werden keine bösen Träume haben. Denn wir gehören zu den hundert Millionen, die inmitten eines Brigantenspuks der Weltgeschichte auf dem besten Kissen ruhen.

10.

Mitternacht. Das Gewitter hat ausgetobt, noch tröpfelt's ein bisschen, aber die Sterne lugen schon aus den schwarzen Mantelfalten des Himmels. Der Krieg, dem die Frühlingstage noch nicht lang genug erscheinen, schneidet Arbeitsstunden auch aus der Nacht heraus. Wir fahren an ziehenden Kolonnen vorüber, an neu eintreffenden Batteriezügen, an Marschbataillonen und an Lagerfeldern, auf denen ruheloses Leben herrscht und zwischen Zelten und Pferden und Wagen die Feuer lodern. Überall neben der Straße gehen und stehen und sitzen Menschen, Bauern und Städter, die kein Obdach haben, im kalten Wind ihre nassgewordenen Kleider trocknen lassen und noch immer offene Regenschirme tragen, obwohl nun der Himmel schon voller Gotteskerzen hängt. Nach einer harten Sorgennacht erwarten die schweigsamen Landstreicher der Kriegsnot einen Kummermorgen, der den einzigen Trost für sie hat, dass die Sonne wieder scheinen wird.

Im ersten Grau der Dämmerung wandert an uns ein langer Zug russischer Gefangener vorüber, die von den Steirern bei Kolomea hoppgenommen wurden. Unsere Fahrt geht nur langsam vorwärts; alle paar hundert Schritte müssen wir halten, um durch Feldwort und Losung eine Schranke zu öffnen. Auf der Pruthbrücke erwartet uns der steirische Fähnrich, der uns führen soll. Er setzt bei der Weiterfahrt ein heiteres Lichtlein in den Ernst der grauen Dämmerstunde und erzählt von einem Gefangenen, der nachmittags um fünf an die russische Front kam, abends um achte als Unverwundeter schon gefangen war und beim Verhör erklärte: „Den Krieg, in dem ich verwundet werd', den gibt's gar nicht. Wir sind vier Brüder und haben der Mutter geschworen, gesund wieder heimzukommen. Meine drei Brüder sind schon bei Ihnen. Jetzt haben Sie mich auch. Also! Gott ist mit allen, die ihren Eid halten."

Unser Lachen über dieses groteske Feindeswort findet ein schwermütiges Echo an den löcherigen Hausmauern der stillen, toten Stadt, durch deren öde Gassen wir hinfahren im Morgengrau. Tief am östlichen Horizont beginnt ein Wolkenstreif zu strahlen wie Eisen in der Rotglut. Hinter schwarzen Erdbuckeln steigen Leuchtkugeln auf, schimmern eine Weile und erlöschen wieder. Lange schon ist unser Lachen stumm geworden, doch das seltsame Echo dauert noch immer an. Es klingt wie das plätschernde Gerassel einer großen, hölzernen Karfreitagsklapper, deren Kurbel mit rasender Schnelligkeit gedreht wird. Und immer ist eine scharfe, hastig hämmernde Einzelstimme dazwischen: „Tack, tack, tack, tack, tack . . ." Schneller geht das, als man es sagen kann. Wir müssen den Wagen bergen hinter einem zerschossenen Gebäude und müssen geduckt im rotschimmernden Morgengrau durch einen pfützigen Graben hinwaten, während die Hochgänger oder russischen Gewehrsalven über uns wegfliegen. Die meisten dieser verirrten Kugeln pfeifen mit hohem Ton, piiiiiih, manche erzeugen ein kurzes helles Klatschen, das an den Geißelschlag eines lustigen Hirtenbuben erinnert. Je mehr die Dunkelheit versinkt, umso seltener werden diese Töne. Auch die Karfreitagsklapper beginnt zu ermüden, noch ehe der Tag erwacht. Von einem Weidenbaum in den Moorwiesen tönt das langatmige Trillerlied einer Nachtschwalbe, in den Erlenstauden flötet die erste Drossel des jungen Morgens, manchmal zwitschert sie so fein, als hätte sie's von den Nachtigallen gelernt, und überall in den vielen Lehmpfützen ist das tausendstimmige Lied der Frösche, so sanft, so monoton und ruhig, dass es sich anhört wie ein Atmen der Stille.

Wir waren durch das Grundwasser eines Laufganges; der Wunsch, zu sehen, treibt mich ungeduldig voraus, und als erster von uns Dreien, die wir kommen, betrete ich den Schützengraben der Steirer. Hier ist es still. Der beginnende Tag hat den treuen Heimatswächtern nach ernsten Nachtstunden ein bisschen Ruhe gebracht. In dem vier Meter langen Grabenwinkelchen, in dem ich mich befinde, liegen schon drei Graublaue in den Erdlöchern, einer schlüpft gerade unter die Zeltbahn, einer sieht mit schussbereitem Gewehr als Posten bei der Schießscharte, einer kniet aus dem nassen Boden und schürt in der kleinen aschengrauen Herdhöhlung ein Feuerchen an. Jeder von den beiden trägt den Mantel, der vom Regen feucht und an den Säumen mit Lehmklumpen behangen ist; die in der Nachtkälte starr gewordenen Hände sind von Schmutz überkrustet, die müden, erschöpften Gesichter sind rußfleckig und haben graue Striche. Die Zwei gucken beim Anblick des zwecklosen Fremden im Bürgerkittel verwundert auf. Mit strenger Ruhe sagt der eine: „Heil!" und späht wieder aufmerksam durch die Scharte nach der feindlichen Stellung hinüber; der andere nickt mir freundlich zu: „Grüß Gott!" beugt sich nieder und bläst in die Spanglut, bis das Feuerchen flackert.

Wir wandern weiter und kommen zum Offizierspalais der Kompagnie; es sieht genauso aus wie jeder andere Grabenwinkel; in der niederen Lehmtruhe, die unter den Schießscharten in den Erdwall hineingewühlt ist, liegen zwei unbewegliche Schläfer, der Oberleutnant und der Leutnant, ein fester blondbärtiger Germanenschädel und ein schwarzhaariges Jünglingsköpfl. Ich bitte rasch: „Nicht wecken!" Und frage flüsternd: „Wann haben die Herren sich schlafen gelegt?" Die Ordonnanz antwortet so laut wie bei einer dienstlichen Meldung: „Grad jetzt, kein Vaterunser kann's her sein." Keiner von den Schlummernden erwacht, keiner bewegt sich. Vom Nervenverbrauch der vergangenen Tage und Nächte, vom zähen Kampf gegen feindliche Übermacht und von der eisernen Spannung aller Lebenskräfte könnten tausend Worte nicht so eindringlich erzählen, wie dieser stumme, regungslose, bleierne Morgenschlaf!

Weiter und weiter durch die Stellung der beiden nächsten Kompagnien. Um das Waten in einem versumpften Laufgraben zu ersparen, passieren wir hinter dem Schützengang die große Lehmgrube einer abgebrannten Ziegelei. Neben den gelben Teichflächen stehen an die dreißig Halbnackte und waschen sich — mit einem Wasser, das aussieht, als würde man beim Waschen noch schmutziger, als man zuvor gewesen. Dazu singen immer die vielen Frösche. Und seitwärts in den Stauden knien oder sitzen die geplagten Dulder, die in den ausgezogenen Hemden nach dem verwünschten Kleinwild pirschen. Auf meine Frage, ob's denn wirklich so arg wäre, bekomm' ich die kurze, stoische Antwort: „Ja."

Wieder zurück in den Schützengraben! Über zwei, drei Kilometer, durch die Stellung von fünf Kompagnien, hin und zurück, ist immer das gleiche Bild zu sehen: die regungslosen, unerweckbaren Schläfer, das Morgenwerk bei den qualmenden Herdlöchern, an den Schießscharten die aufmerksamen Posten mit den funkelnden Späheraugen und mit der harten Spannung in den übernächtigen Gesichtern, und überall Müdigkeit und Erschöpfung, die noch immer verlässliche Pflichterfüllung und soldatische Treue bleibt.

Den Knall von einzelnen Schüssen, her und hin, empfindet man nicht als Störung dieser Morgenruhe. Auch draußen, wenn ich durch die Scharten hinausluge, seh' ich Bilder, welche still sind. Auf den Pfählen der starken Drahthindernisse sitzt manchmal ein kleiner Vogel, putzt und ordnet seine Federn und zwitschert ein bisschen. Hinter dem Drahtlabyrinth kommt eine tiefe Sumpfmulde. Da drunten liegt der russische Tod, den wir nicht sehen können; aber wenn die östliche Morgenluft ein bisschen stärker herweht, kann man ihn riechen. Das ist schrecklich. Man möchte um Westwind beten. Und wenn die wackeren Steirer, die unter solchen Frühlingsdüften ausharren und atmen und kämpfen, in den mondhell werdenden Nächten hinuntersteigen wollen, um die gefallenen Feinde zu bestatten, dann schießen die Russen in Salven und mit Maschinengewehren, so wie es heute vor Tagesanbruch geschah.

Aus der Sumpfmulde steigen blumige Wiesen empor bis zum braunen Wall der feindlichen Stellung, die achthundert Meter vom Graben der Steiermärker entfernt ist. Auf dieser Wiese liegen die Sichtbaren des russischen Todes. Durch eine einzige Schießscharte kann ich zweiunddreißig zählen. Der Anblick hat nichts Grauenvolles, hat etwas Frühlingsfriedliches. Eine menschliche Form ist kaum zu erkennen; man sieht nur unbestimmte schwarzbraune Hügelchen, die fast völlig im hohen Maigras versunken liegen. Das erste Sonnenzittern des Morgens umfunkelt die Regungslosen, und rings um die dunklen Klumpen wiegen die Lenzblumen ihre blauen, gelben, weißen und roten Köpfchen. Aber furchtbar — so erzählen mir die Steirer — soll es an jenem Morgen gewesen sein, als die schwerverwundeten Feinde, die sich nimmer völlig bis zum Graben der Ihrigen schleppen konnten, schreiend in der Wiese saßen, die Arme flehend zu den Österreichern herüberstreckten und bei ihnen um Hilfe bettelten, die man nicht bringen konnte, ohne das eigene Leben ins Gras zu werfen. Bei vielen von diesen Flehenden hat's einen ganzen Tag gedauert, bis sie stumm wurden. Nun liegen sie alle da drüben im gemeinsamen Schweigen. Wenige Schritte hinter ihnen zieht sich der russische Grabenwall durch die Blumen. Manchmal sieht man eine hellbraune Kappe erscheinen oder eine Schaufel aufzucken, die den Regenschlamm aus dem Graben wirft. An vielen Stellen wirbelt der blaue Rauch der Kochstätten heraus. Sechshundert Meter hinter dem Graben liegt die zweite Stellung des Feindes, in gleicher Entfernung davon die dritte. Hier, außer Schussweite, steigen die Russen aus und eilt, wandern davon und kommen wieder, mit Päcken und Brettern. Dort in der Ferne liegen kleine Dörfer in grüngewordenen Obstbaumwäldchen, und hinter ansteigenden Saatfeldern schließen lange Forste das Bild der Landschaft. Alle Wolkensäume haben Glanz und Farbe, aus den Klüften des Gewölkes sinken die Sonnenstrahlen wie entfaltete Goldfächer heraus, trillernd steigen die Lerchen auf, und über die weite Länge der Gräben hin beginnen die Schüsse wieder fleißiger zu knallen.

Freundliche Stimmen begrüßen uns. Der Oberleutnant und der Leutnant kommen. Wie diese jungen Steirer einem die Hand drücken, das tut ein bisserl weh, wenn man die Fingergicht hat; aber schön ist's und verheißungsvoll. Wie Hände grüßen, so kämpfen die Fäuste, so halten sie fest in Treue.

Rasch verwandelt sich das ernste Grabenwinkelchen in eine heitere Gaststube, in eine liebenswürdige Herberge. Alles, was die Steirer haben, teilen sie mit uns: den schwarzen Kaffee, der prächtig mundet, obwohl er nach Lehmwasser schmeckt; den wärmenden Drei-Sternchen-Kognak und die Zigaretten; das Kommissbrot und den süßen Inhalt der Liebesgabenschachtel. Dazu schwatzt man von der Heimat, von Sieg und Hoffnung, von der neuen Wendung des Krieges und viel von Italien, über das einer das Wortspiel von der Italia punita macht. Bei diesem Thema ist ein heißer Zornklang in jeder Stimme, in jedem Wort. Und keiner ist im Graben, der jetzt nicht Flügel haben möchte, die flinker nach Trient und zum Isonzo tragen, als es die eingeleisigen Karpatenbahnen fertigbringen. Auch von diesen Bahnen reden wir. Ach, die gottverlorenen Kummerstränge! Ein paar ersparte Millionen sind da zu Mördern an Tausenden geworden, zu Peitschen der Mühsal und Entbehrung, zu Ratten, die den Erfolg benagen und die Kraft zerbeißen!

Mit ernsten Blauaugen, in deren Blick eine ergreifende Mischung von Sorge und Glaube ist, sieht mich ein junger Steirer an und sagt: „Viel muss anders werden nach dem Krieg! Erst mutig durchbeißen durch die harte Not! Dann erzwingen, was gute Zeiten bringt!“ Alle nicken zu diesem Wort, und dann erhebt sich einer nach dem anderen und geht zu seinem militärischen Tagwerk, zu seiner Pflicht.

Der Himmel ist klar geworden. Schwül brennt die Morgensonne in den Grabenschacht herein. Die durchwachte Nacht, das Waten und Lehmstapfen, die erregenden Bilder des Morgens und jetzt die drückende Hitze — das alles legt mir Blei auf die Augendeckel. Die guten Steirer merken, dass mich der Sandmann am Zipfel hat. Im Erdhöhlchen des Oberleutnants betteten sie mir auf. Lind und fein! Kaum lieg‘ ich, ist schon der Schlummer da, so schnell, dass ihn die Feldpost nicht gebracht haben kann. Ein vierstündiger Schlaf, tief und traumlos. Und beim Erwachen ein Bild, das ich nimmer vergessen werde. Damit mich die Sonnenhitze nicht plagen sollte, hatten die freundlichen Grazer eine Zeltbahn über den Graben gespannt. Nun ist kühler Schatten um mich her, und zur Rechten und Linken des Tuches fällt das strahlende Mailicht in die Grabentiefe herunter. Zehn oder zwölf von den steirischen Graublauen sind da; alle hantieren lautlos, einer sieht als Posten bei der Scharte, einer kocht, ein paar putzen ihre Gewehre, jeder hat seine stille Arbeit. Der junge Leutnant sitzt mit übereinandergeschlagenen Beinen und schreibt auf dem Knie ein Brieferl, und der blonde Oberleutnant steht am Wall und späht mit dem Glas zur feindlichen Stellung hinüber.

Sie hatten auch schon gekocht für mich. Und jetzt sitze ich an dem kleinen, nur ein bisschen wackligen Tischlein-deck-dich, das mit zwei kurzen Füßen auf der Wallbank und mit zwei langen in der Grabentiefe steht. Ich bekomme ein Konservengulasch mit Makkaroni — weil ich sie um ihres Namens willen misstrauisch betrachte, schwört mir der Oberleutnant sofort, dass sie deutsches Erzeugnis wären, nicht welsche Judaskost. Und dass sie einen neuen deutschen Namen haben: Hohlnudeln. Nun schmecken sie prachtvoll. Und einen Trunk Wein bekomm' ich; er ist trüb und säuert ein bisschen — aber Ort und Stunde, die ihn geben, und die Hände, die ihn reichen, machen ihn blumiger, als alter Johannisberger ist. Die Zigaretten qualmen, wir sitzen Seite an Seite und schwatzen ernst und heiter von Recht und Kraft, vom Wachsen und Werden unserer Völker und Länder. Mir ist so wohl und so friedlich zumute, dass ich immer fragen möchte: „Wo ist denn der Krieg?" Ich hör' ihn nicht, ich fühl' ihn nicht und kann ihn nicht sehen. Aber da draußen liegen die Toten. Und plötzlich pfeifen viele Kugeln über unsere Köpfe weg. Einer von uns, mein Reisebegleiter, der Dr. Rennteufel aus Graz, hat feine schöne, neue, graublaue Kappe auf den Wallrand hinaufgelegt. Nach dieser Mütze schießen die Russen wie verrückt. Getroffen haben sie das Kapperl nicht. Als wir es wegnahmen, unterließen die Feinde jeden weiteren Massenangriff.

Und dann kam etwas Liebes und Schönes, wieder ein Augenblicksgeschenk des freundlichsten Friedens. Während wir Plaudern, unterbricht uns ein harmonischer Zusammenklang von acht hellen Jünglingsstimmen. Die Grazer haben in ihrem Schützengraben ein Doppelquartett, das sich hören lassen kann — na ja, weil sie halt auch solche Barbaren sind! Um mir eine Heimatsfreude zu schenken, haben die Achte sich heimlich im anstoßenden Grabenwinkelchen versammelt, „und nun ertönt" — zuerst ihr kurzer, kräftiger Sängerspruch — dann das Deutsche Lied und ein feines Gesangl von der grünen Steiermark,

> „Wo der Stutzen knallt
> Und der Gamsbock fallt —"

Die vier Kopfstimmen des Jodlers überkletterten einander, höher und höher, und genau in der Sekunde, in der das zarte Sich zusammenfinden der Stimmen leise verzittert, zischt eine russische Kugel über uns weg. Ruhig sagt einer von den steirischen Graublauen: „Der Russ' hat den Jodler z'hoch Überschlagen." Wir alle lachen. Und da draußen liegen die Toten.

Lied um Lied. Dabei gibt's eine neue Heiterkeit. So oft zwischen den Strophen ein bisschen Ruhe ist, hören wir eine Unke singen, die unter den Bodenbrettern des Schützengrabens im Grundwasser wohnt; sie ist da eingesperrt, kann nimmer Fliegen fangen, muss schreckliche Drecknächte durchmachen und schließlich ersticken oder verhungern. Aber das zärtliche Lied der steirischen Buben gibt ihr ein Leidvergessen und weckt in ihr eine singende Fröhlichkeit. Wie sollen da wir nicht froh sein, die wir im Licht und in der Sonne stehen, ein Viertelmilliönchen russischer Maifliegen singen und mit Sicherheit wissen, dass wir leben und siegen werden! Jetzt eben singen die Grazer:

„Und druckt der Feind herein, herein, herein,
Wir Siebnundswanzger werden Sieger sein!"

Schon ein paarmal hat der Oberleutnant nach der Uhr gesehen — Mittag ist vorüber, es geht auf den Abend zu, und die lustigen Steirerbuben sollen noch ein paar Stunden schlafen vor der ernsten Nacht, in der sie wachen müssen.

Erst schreiben wir noch eine Grußkarte an unsern Peter Rosegger, jeder kritzelt seinen Namen darunter, und dann klingt mir noch ein Abschiedsliedl von der Steiermark:

„Da san die Dirndln sauber,
Die Burschen stark,
San frisch wie der Hirsch im Wald,
Dem's Grasen gfallt!"

Wir steigen durch den Graben hin. Er ist verwandelt in einen Korridor von Dornröschens Schlummerschloss. Nur die Posten wachen. Alle anderen schlafen schon, schlafen so fest, dass sie nicht erwachen, wenn wir beim vorsichtigen Hinüberklettern über die vielen Arme und Beine ein wenig danebentreten. Außer den wachenden Posten und den Offizieren hat nur ein Einziger die Augen offen. Mit verbundener Stirne liegt er in seinem Höhlchen und spielt pianissimo die Geige. Neben ihm steht die Ziehharmonika. Das ist potenzierte Barbarei!

Die geschützte Lehmgrube der Ziegelei ist passiert; nun müssen wir hundert Schritte flink hinaufspringen über ein ungedecktes Gehänge. Die Russen sehen uns, zur Linken und Rechten schlagen die Kugeln in den Boden. Als alter Jäger merke ich, dass das russische Militärgewehr auf tausend Meter einen Streukegel von zehn Schritt im Durchmesser hat. Wollen die Russen treffen, so müssen sie fünf Schritte rechts oder links von uns hinzielen. Aber sie zielen augenscheinlich auf uns. Drum fehlen sie. In allen feindseligen Dingen des Lebens steckt eine hilfreiche Logik. Sie lautet: „Nicht seitwärts hinaustappen! Immer grad voraus!“

Während der Heimfahrt im Abendglanze klingt mir leise ein Liedl der wackeren Steirerbuben durch die Seele:

„Almrausch, Almrausch,
Blüaht so schön rot —“

und dabei erinnere ich mich einer rotgefärbten Bajonettklinge, die ich im Schützengraben sah. Ich fragte: „Ist das Blut?“ Und der Graublaue sagte: „Nein, das ist Paprika!“

Noch an etwas anderes denke ich, an ein Wort, das der geistreiche Alfred Capus nach dem italienischen Windfahnenwirbel im Figaro verkündete: „Die Volksstimmung in Deutschland ist sehr herabgedrückt. Jeden Tag kann eine Panik ausbrechen. Die militärische Kraft nährt sich von der Festigkeit des Volkes!“ (Das letztere stimmt! Ein lehrreiches Wort, für das wir dem klugen Franzosen dankbar sein müssen! Doch seiner weiteren Weisheit fehlt das Fundament der Tatsachen:) „Trotz aller Tapferkeit wird schließlich der deutsche Soldat dem Einfluss des unruhigen, schon halb närrischen Volkes unterliegen und in Entmutigung verfallen.“

Wo ist die Entmutigung, wo die närrische Unruh‘, wo die Gedrücktheit und die Panik? An unserer Front ist nichts von diesen französischen Hoffnungsträumen zu gewahren, weder im Westen, noch im Osten. Ich habe da nur Mut und Zuversicht, nur heiligen Zorn und unerschütterlichen Glauben an unseren Sieg gesehen. Etwas anderes ist auch in der Heimat nicht. Da könnte ich eher glauben, dass ich ein Italiener bin — was mich sofort veranlassen würde, aus der Haut zu fahren, um in eine minder befleckte hineinzukommen.

11.

Przemysl, 4. Juni.

Groß und leuchtend stehen die Bilder des gestrigen Tages in meinem Erinnern. Die ruhmreiche Kampfstätte der Tapferen und Beharrlichen unter Kusmanek ist den Russen wieder abgenommen. Ein Jubel ohnegleichen wird Österreich-Ungarn und Deutschland durchbrausen. Auch hier, in allen Soldatenaugen, ist glänzende Freude.

Unter meinem Fenster flirrt der feste Gleichschritt einer dem fliehenden Feinde nachmarschierenden Truppe vorüber, und ein Soldatenlied, von gesunden Stimmen froh gesungen, hallt in der Sonne des schwülen Tages. Immer ferner und ferner tönt es hin, während ich die Bilderfülle der letzten Woche zu sichten versuche.

Nach den unvergesslichen Stunden, die ich im Schützengraben der Steiermärker erleben durfte, kam ein Ausflug zur Front der Bukowina. Inmitten einer herrlichen Landschaft sah ich ein Volk, das mir gefiel. Nein, dieses Wort sagt zu wenig. Von Stunde zu Stunde war in mir ein wachsendes Staunen über die prächtige Rasse des ukrainischen Menschenschlages, über die edlen Bewegungen dieser Männer in ihren weißen Kitteln und über die Frauen und Mädchen in ihrer bunten Tracht und mit den nackten Füßen, die so federig schreiten, als hätten sie stählerne Sehnen. Das sind Körper, deren Kraft und Jugend bis zu sechzig und siebzig Jahren dauert. Hundertmal auf der Straße und in den Dörfern geschah es mir, dass ich eine schreitende Frauengestalt um des schlanken, wohlgeformten Körpers und des elastischen Schrittes willen für ein achtzehn- oder zwanzigjähriges Mädchen hielt, bevor ich am Runzelgesicht die Greisin erkannte. Arbeiten sie auf den Feldern, so ist's immer ein Bild, als hätte es ein großer Künstler gemalt, der die Menschen in ihrer besten Wahrheitsform und in ihrer gewinnendsten Bewegung zu erschauen und zu zeigen versteht. Und hinter diesen Menschenbildern träumt immer eine große, stolze, wundervolle Natur mit Nachtigallenschlag in den Mondscheinnächten. Der Mensch formt sich nach dem Boden, auf dem er wurzelt. In einzelnen Exemplaren kann die Natur sich irren, nie in ganzen Volksstämmen. Fällt ein Menschenschlag durch körperliche Schönheit und Adel der Bewegung auf, so müssen in ihm auch innerliche Qualitäten verborgen liegen, die zu wecken und an den Tag zu bringen sind. Und wie viel gute, gesunde und verheißungsvolle Rasse in einem Volksstamme steckt, das ist am deutlichsten an seinen Kindern zu erkennen. Ich habe noch selten auf einem Fleck Erde, den ich kennen lernte, schöne und durch Zierlichkeit entzückende, freundlichschauende und frohäugige Kinder in solch' erstaunlicher Menge gesehen, wie hier im Grenzlande von Galizien und der Bukowina.

Auch aus den kleinen Häusern und Gehöften flüstert eine mahnende Sprache. Jedes Haus, wie ärmlich es auch sein mag, ist reinlich von außen und innen. Die saubergehaltenen Gehöfte sind mit hohen Flechtzäunen eingefriedet; manchmal huscheln sich fünf oder sechs Häuschen, deren Bewohner verwandtschaftlich zusammengehören, innerhalb eines solchen Flechtzaunes zusammen, der dann höher und stärker ist, als der Zaun der einzelnen Häuser. Man denkt da immer an mittelalterliche Sippendörfer mit ihren festen Wolfszäunen. Hinter solchen Zäunen wohnte voreinst viel guter und verlässlicher Menschenwert. Ob's nicht auch hier so ist?

Nach allem Fremdartigen, das mich umringte, springt mir ein starker Heimatsklang entgegen. Ein Graublauer streckt mir freudig die beiden Hände hin: „Jöi, Herr Doktor, wia kummen denn Sie daher?" Es ist ein Bauernsohn aus meinem Ehrwalder Jagdgebiet. Ich bin in der Frontstellung der aus Salzburgern, Niederösterreichern und Tirolern zusammengesetzten Landesschützen. Ihr junger Oberleutnant, der die Spielhahnfeder auf der Mütze trägt, hat seine militärische Ausrüstung durch zwei sonderbare Waffenstücke bereichert: durch einen japanischen Jatagan und einen bergstockähnlichen Stab mit einem russischen Bajonett; die beiden Angriffsmittel, die drolliger als gefährlich aussehen, wurden einem feindlichen Gefangenen abgenommen; nun zerteilt der japanische Jatagan das österreichische Kommissbrot, und der russische Bajonettstecken eignet sich vorzüglich zum Herausstechen der Forellen aus den bukowinischen Gebirgswässern.

In den schweren Kämpfen der letzten Wochen haben sich die Landesschützen schneidig und brav gehalten. Immer waren sie ganz bei der Sache, mit Herz und Faust. Aber der Tag, der die Kriegserklärung Italiens an Österreich-Ungarn brachte, hat sie ein bisschen zerstreut gemacht. Wenn sie jetzt im Schützengraben stehen, den Büchsenlauf gegen die russische Stellung gerichtet, gucken ihre Hochlandseelen über die Schulter zurück in die ferne, vom Anmarsch der „treuen Katzelmacher" bedrohte Heimat, in der sie Haus und Feld, Weib und Kind oder Eltern und Geschwister haben. Immer hört man von ihnen das gleiche Wort: „Alles ischt guat und recht, bloß in ünser Landl mechten mer halt!" Ihr Wunsch ist ebenso sehnsuchtsvoll wie berechtigt; doch auch in dieser seelischen Zwiespältigkeit bewahren sie noch die Ruhe ihrer derben und sorglosen Art. Um freie Aussicht über die feindliche Stellung zu gewinnen, müssen wir einen steilen Hang erklettern; ein paar Kugeln schlagen neben uns ein, und freundlich sagt einer von den Landesschützen: „Dös macht nix, und für alle Fäll haben mer an Dokter da."

Wir kommen zu einem Frontabschnitt, dessen Besatzung mir im Kleinen ein liebenswürdiges Bild der Verbrüderung unserer Heere zeigt. Preußische Dragoner und Kürassiere, die ihre Säule seit Wochen nimmer gesehen haben und sich in Wallschützen verwandeln mussten, mischen sich hier mit Honvedtruppen, mit steirischer Landwehr, mit Graublauen aus dem Salzkammergut, aus Ischl und Aussee. Augenblicklich haben sie da ruhige Zeiten. Die Stellung ist fest ausgebaut und zieht sich über einen Hügelkamm, zu dessen Füßen sich eine flache, völlig ungedeckte Talsohle drei Kilometer weit hinüberzieht bis zum feindlichen Graben. Kein Schuss fällt, und auch mit dem schärfsten Glas ist da drüben nicht das Geringste zu gewahren. Hier kann man ruhen, kann sich gemütlich braunbrennen lassen vom Sonnenschein der letzten Maitage. In einer Gruppe haben deutsche Kavalleristen, Honvedleute und Österreicher sich zusammengetan; sie sitzen eng aneinander gerückt, ein Steirer spielt lustig die Ziehharmonika, und die anderen summen dazu und treten den Takt mit den Fußspitzen. Das Volkslied hat Hände, welche binden und verknüpfen. In dieser klingenden Ruhe und bei diesem sonnenwarmen Aufatmen sehen die Leute gesund und munter aus, sind aber doch ein bisschen unzufrieden und mit dem augenblicklichen Stillstand der Dinge nicht einverstanden. Ein junger Wachtmeister der Kürassiere sagt mit verdrießlichem Seufzer: „Zum Sterben langweilig ist das jetzt! Hier sieht und erlebt man gar nichts." Ich suche ihn durch den Hinweis auf die zaubervolle Natur zu trösten: „Aber ein schöner Aufenthalt! Nicht wahr?" Ernst nickend lässt er den Blick über Felder und Hügel gleiten: „Ja! Ganz herrlich! Dieser prachtvolle Ackerboden! Was man da draus machen könnte!"

Während des Heimwegs in der roten Abendsonne vernahm ich einen Klang, der mir alle Stimmungsfülle meiner Tage an der westlichen Front in Erinnerung brachte. Auf den Straßen, die wir passierten, kamen Verstärkungen in langen Marschzügen angerückt, unter ihnen eine Kompagnie von deutschen Kriegsfreiwilligen, in blitzblanker Ausrüstung, mit neuen Waffen. Und die frischen, nach großem Erleben dürstenden Jungen fangen die Macht am Rhein und sangen das alte Lied

vom Guten Kameraden mit dem neuen Refrain von den Vögelein im
Walde —

> „In der Heimat, in der Heimat,
> Da gibt's ein Wiedersehn!"

Das hatte ich seit vielen Wochen nimmer gehört. Nun griff es mir
mit starker Heimatsfaust in die Seele und zwang mich, darüber nach-
zudenken, wieso es kommt, dass tiefste Freude sich immer fühlt, als
wäre sie ein missverstandener Schmerz.

Spät am Abend erreichte mich die Nachricht: seit zwei Tagen wird
Przemysl mit schwerer Artillerie beschossen. Eine freudige Ahnung
sagt mir, was das bedeutet. Nach einer schlaflosen, ungeduldigen
Nacht, noch vor dem Erwachen des Tages, beginnen wir die hetzende
Fahrt um die Karpaten herum, durch den breiten, blühenden Frieden
von Ungarn. Wieder die Bilder, die ich schon geschildert habe — nur
dass der violette Flieder sich vermehrt hat um eine verschwenderische
Fülle der weißen Akazientrauben und der roten Kastanienblüte. Auf
einer Bergstraße, die zwischen hohen Hecken hinführt, erlebe ich ein
gaukelndes Frühlingswunder, eine märchenhafte Tragikomödie von
ahnungsloser Jugend und unbewusstem Tod. Tausend Schwärme von
weißen Schmetterlingen umflattern die jungaufgeblühten Heckenro-
sen. Manchmal ist ihr Flug so dicht, dass er aussieht wie Schneegestö-
ber. Schwalben und andere Vögel stoßen zwitschernd in diese Falter-
wolken hinein, und die Straße ist so silberig von der Menge der ruhenden Schmetterlinge, so massenhaft sitzen sie auf allen feuchten Weg-
stellen, dass die Gummiwalzen des Autos zwei breite mehlweiße Lei-
chenbänder hinter dem Wagen zurücklassen. Ein Frühlingstod, dessen
hohe Ziffer nicht abzuschätzen ist! Und dennoch behält der Gaukel-
flug dieses winzigen Silberlebens seine unverminderte, traumhafte
Fülle.

In der farbigen Dämmerung des letzten Maitages kommen wir bis
Ungvar und in der Sonnenfrühe des 1. Juni geht unsere Fahrt durch
schimmernde Waldtäler empor zum Uszoker Pass. Alles hier ist anders,
als wir in der Heimatsferne uns das immer vorstellten. Kein engge-
schnittenes, zwischen hohe Steilwände eingekeiltes Tal, das leicht zu
verteidigen ist; keine schroffen Gebirgszinnen, die unerstürmbar sind.
Breite, vielverzweigte Talmulden sind eingesenkt zwischen flachgebu-
ckelte Waldhöhen, auf denen überall ein Weg zu finden und der Weg
doch überall zu verlieren ist. Ein Kampfboden, der im Frühling als eine

grüne Lieblichkeit der Natur erscheint und im Winter ein wegloses, weißes, eisiges Grauen war! Beim Anblick dieser Talwannen und dieser zahlreichen Bergriegel fühlt man: es war ein Wahnsinn der Russen, hier in breiten Fronten vorzudringen und anzugreifen, aber es war auch von den unseren ein Heldenwerk ohnegleichen, hier einer Übermacht standzuhalten in erstickendem Schnee, in mörderischer Kälte, und die anflutende Heereswoge des Feindes nicht nur festzuhalten, sie auch noch dorthin zurückzustoßen, von wo sie kam. Wir in der Ferne daheim, als wir von den roten Ostern in den weißen Karpaten hörten, wir begriffen nach tagelangem Bangen leicht eine Siegesnachricht, die wir heiß ersehnten. Doch wer die Kampfstätten der Uszoker Passstraße mit eigenen Augen sieht — auch jetzt im grünen, alle Wege öffnenden Frühling — dem wird das sieghafte Heldenwerk der Freunde und der unseren zu einer unfassbaren, fast übermenschlichen Leistung. Man erschrickt, wird still und beginnt zu bewundern, was unglaublich erscheint und dennoch eine rettende Wahrheit wurde.

Je näher die Straße dem Pass entgegensteigt, umso zahlreicher werden zur Rechten und zur Linken des Weges die Soldatengräber — die geschmückten Hügel der Unseren und die Massengruben der gefallenen Feinde. Jeder Erdfleck hier, von dem die Russen vertrieben wurden, hat Blut getrunken. Und von der Stelle, wo die Feinde im Winter standen, bis zu den Frühlingsfeldern, über die sie heute fliehen, ist's eine Wegstrecke von fast dreihundert Kilometer. In Russland und in den französischen und englischen Zeitungen, zu denen sich nun auch die italienischen mit ebenbürtiger Wahrheitsliebe gesellen, nennt man das noch immer „strategische Umgruppierung". Wer lügen muss, ist der Kämpfer einer verlorenen Sache.

Bei Solna sehen wir grauenvolle Verwüstungsbilder, sehen die ersten Verteidigungsgräben und Erdlöcher, eingefallene Reisighütten und verödete Holzschuppen. Nun belebt sich das stille, menschenarme Tal: es begegnen uns zwei Züge von russischen Gefangenen, an die Zweitausend, ein Teil jener Scharen, die nördlich von Przemysl durch die Armee Mackensen überrannt wurden. Unter ihnen gewahre ich zum ersten Mal russische Soldaten, die nicht gut aussehen, schlecht montiert sind und keine Uniform tragen, nur die übelzugerichtete Bürgerkleidung mit einem militärischen Abzeichen. Das waren wohl die „Keulenträger" und die Kanonenfütterlinge mit den Bajonettstöcken? Jetzt gucken sie friedlich und gutmütig drein, fast heiter, sind gleichmäßig mit Staub überpulvert, lassen sich im Doppeltausend von zwanzig Mann Bedeckung geleiten und marschieren willig, obwohl sie schon sieben Tage unterwegs sind. Jeder von ihnen erinnert mich an jenen berühmt gewordenen russischen Gefangenen, der auf die Frage, wie lange nach Meinung der Russen der Krieg noch dauern kann, die lächelnde Antwort gab: „Das weiß ich nicht, für mich ist er aus." Hinter dem Gefangenenzug, der in Staubwolken verschwindet, ist ein satirisches Genrebildchen zu erblicken: ein aus natürlichen Gründen abseits vom Wege zurückgebliebener Russe hat sich zwischen blühenden Frühlingsstauden halb verborgen und wird von einem misslaunig dreinblickenden Landstürmer mit aufgepflanztem Bajonett bewacht. Während wir lachend vorüberfahren, sagt der graublaue Wächter ärgerlich: „Da hab' i a schöne Arbeit, gelt!" — Der Krieg hat ein grauenvolles Gesicht, doch er kann auch niedliche Scherze machen.

Der Spaß wird abgelöst durch einen entsetzlichen Anblick: durch eine lange Wandertruppe von klapperdürren, leidenden Pferden, denen der Saumsattel den Rücken wund drückte. Blut und Eiter rinnen über die mageren Bäuche und tröpfeln an den zitternden Vorderbeinen hinunter. Langsam, mit tiefgesenkten Köpfen, schleichen diese ärmsten von allen armen Lazarusen des Krieges vorüber, die nur die Mühsal und Marter des Feldes erdulden müssen, ohne einen großen tröstenden Gedanken zu kennen. Die meisten heilen sich wieder aus, wenn sie Ruhe, gute Pflege und sonnige Weide finden. Aber der Weg bis zu dieser Genesungsweide ist weit, ist bezeichnet mit Gefallenen, die neben der Straße liegen blieben und sich verwandeln in fürchterliche Fliegenkörbe.

Jetzt kommen Bilder, die das Gesehene vergessen machen. Alle Berghöhen, die man von der Straße aus erblicken kann, sind phantastisch bedeckt mit Höhlenlöchern und Erdwällen. Diese kindlich aussehende Architektur erinnert an Urweltsburgen, an wilde Hassfehden, wie sie ausgefochten wurden vor drei oder vier Jahrtausenden. Es gibt zu denken, dass der Krieg in einer Zeit des vollendetsten Waffenhandwerks und der gewaltigsten Vernichtungsmittel zum Teil die gleichen primitiven Formen wieder annimmt, wie er sie in den altersgrauen Zeiten des Steinhammers und der Schleuder besaß.

Auf den letzten steilen Serpentinen, die hinaufklettern zum Passkamm, wimmelt es so ähnlich von militärischem Leben, wie ich es auf dem Tatarenpass gesehen habe. Dann öffnet sich ein unbeschreiblicher Ausblick über sonnenduftige Weiten, über ein Meer von grünleuchtenden Bergrücken und schattenblauen Tälern. Auf dem Hochplateau ein Gewirre von beschädigten Häusern, von Brandstätten, Ruinen und zerfallenen Unterständen. Zwischen einem dürren Wust von niedergeschlagenen Bäumen lugen aus dem Wald wie tote schwarze Augen die Schießscharten der Schützengräben heraus. Und einem rätselhaften Gewebe gleichen die zausigen Drahtknäuel der zersetzten Hindernisse. Weit in der nördlichen Ferne träumt ein blauer Höhenzug, der leise Karpatenausläufer, hinter den die Russen zurückgetrieben wurden. Das Bild dieser Ferne ist wundervoll. Und dort, in nordwestlicher Richtung, wo die Berge zu milden Wellen werden, muss Przemysl liegen, um dessen Wiedergewinn die Unseren ringen. Man möchte schauen, aber man kann nicht rasten, nicht stehen bleiben. Die Frühlingslüfte hier oben aus dem Uszoker Passe sind durchwittert von einem unerträglichen Verwesungsgeruch. Überall die Spuren eines erbitterten Kampfes, überall die Russengräber. Viele der gefallenen Feinde wurden von den Ihrigen in der Eile nur notdürftig mit Erde bedeckt, und viele müssen da noch ungefunden umherliegen in dem dichten Buschwerk.

Das Auto rasselt und wackelt an der dritten und vierten Verteidigungsstellung der verschwundenen Russen vorüber, auf einer löcherigen Straße, die uns fast das Leben aus den Rippen herausbeutelt. Nie haben die Russen was getan für die Wege, die sie zuschanden fuhren. Jetzt müssen tausend Gefangene auf dem Uszoker Pass die Straßenlöcher zuschütten, die Steine schleppen, den Schotter klopfen und die „Dampfwalze" bedienen — die einzige, mit der sie einen sichtbaren Erfolg erzielen.

Endlich verschwindet der schreckliche Geruch, der hinter uns herwehte, und wird abgelöst von der duftigen Kühle des Frühlingswaldes. Wir lassen, ehe die Straße sich heruntersenkt ins Tal, den Wagen halten, um auszuschauen nach der Ferne, der wir zustreben.

Da hören wir in der Mittagsstille, obwohl der Himmel blau ist, von weither einen ununterbrochen grollenden Donner. Seine milderen Stimmen kommen von Sambor, die tiefen und dumpfen Bässe dröhnen von dort, wo Przemysl liegen muss. So schwer und mächtig brüllen nur die Motormörser und die fleißige Berta.

„Weiter! Weiter! Weiter!"

Trotz der schlechten Straße beginnt das Auto zu hetzen und jagt hinunter in das staubig überschleierte Tal von Turka. Das ist ein Städtchen, von dem man, ohne ein Märchen zu erzählen, sagen kann: es war einmal. Ich sehe Zerstörungsbilder, die mich an den steinernen Kriegsschrecken des Westens erinnern, an den Schutthaufen von Dixmuiden. Alle Wege sind angefüllt mit Proviantzügen und Munitionskolonnen, und überall marschieren Truppen, Feldgraue und Graublaue. Neben verbrannten oder gesprengten Brücken fährt man über Notstege oder durch seichte Furten. Auf einem Eisenbahngeleise, an dessen Erneuerung Hunderte von Menschen hastig arbeiten, steht ein Panzerzug, jeder Wagen eine stählerne Festung mit Schießscharten.

Vor dem Bahnhof, der eine Ruine wurde, überholen wir eine lange Karawane von schwerschleppenden Saumtieren, denen ein geigender Zigeuner voranschreitet. Und in dem Staubschlucken, das wir zu überstehen haben, erquickt uns fröhlich die Inschrift, die ein heiteres und zuversichtliches Menschenkind einer famos gebauten Pionierbrücke gab:

„Gott strafe England!
Unsere Brücke trägt jedes Fuhrwerk."

Schade, dass dem Verfasser dieses gläubigen Mottos nicht auch der Nachsatz noch einfiel:

Italien straft sich selbst!"

Aber weiter, weiter! Morgen oder übermorgen muss Przemysl fallen. Und Zeuge dieses glorreichen Gerechtigkeitstages zu fein, das ist eine kostbare Lebensgabe, die man nicht versäumen darf!

12.

Przemysl, 5. Juni 1915.

Hinter Turka, wo der Dnjestr gegen die Bahnstrecke heranbiegt, wird die Straße immer schlechter, das Gewoge der Kolonnen immer dichter. Wir kommen nur langsam vorwärts, und in Starymiasto müssen wir einsehen, dass wir Przmysl am Abend des I. Juni nimmer erreichen können. Wohl hören wir die jubelnde Siegesnachricht, dass die bayerische Division Kneußl zwei Nordwerke der Festung im Sturm schon genommen hat. Aber die Stadt und ihre südlichen und östlichen Festungsköpfe sind noch immer in der Hand des Feindes, und die Straße, die wir über Nizantowice einschlagen müssten, sieht unter russischem Feuer, liegt zum Teil noch hinter der feindlichen Linie. Wir müssen in Sambor Halt machen. Ein schmerzlicher Entschluss! Auch unter dem Wetterleuchten eines großen Kommens bleibt man ein Menschenkind mit seiner kleinen Begehrlichkeit, wird unbescheiden und empfindet eine erst halb erfüllte Hoffnung als Betrug an seiner Sehnsucht.

Die Enttäuschung, mit der wir in Sambor einfahren, wird hurtig wieder zu himmelhohem Jauchzen. Im Kreis der österreichischen Stabsoffiziere, die uns mit freundlicher Gastlichkeit aufnehmen, sehen wir die Kriegslage des Abends auf der Karte eingezeichnet. Welch' ein erquickendes Ornament! Noch nie hat eine Künstlerhand solch' eine verheißungsvolle Arabeske erfunden! Zur Rechten und Linken der von Przemysl über Mosciska nach Grodek und Lemberg führenden Bahnstrecke erblicken wir auf der Karte eine rote und blaue Doppellinie, die gegen Przemysl eine lange, enge Schlinge bildet. Wie ein halb zugeschnürter Tabaksbeutel sieht sie aus. Wär' ich ein Russe, so würde ich diese Schlingenform mit einer qualvoll stilisierten Gallenblase vergleichen. In der Kriegsgeschichte wird sie wohl einmal die Bezeichnung führen: der Sack von Mosciska. Mit der Zähigkeit der Verzweiflung an Przemysl festgeklammert, stecken die Russen in diesem fünfzig Kilometer langen und zwanzig Kilometer breiten Sack, während die Armee Mackensen von Norden heranrückt und die Armee Boehm-Ermolli von Süden vorzudrängen sucht. Gelingt die Abschnürung zwischen Mosciska und Sadowa, dann — ·— Nein! Nicht prophezeien! Die Russen haben sich noch immer als Meister im deckenden Rückzugsgefecht erwiesen, als kundig der Kunst, den Kopf im letzten Augenblick mit Hinterlassung zahlreicher Haare aus der Schlinge herauszuziehen. Und

Fliegermeldungen, die spät am Abend eintreffen, besagen auch schon, dass rückläufige Bewegungen des Feindes zu bemerken find.

Eine schlaflose Nacht. Gegen die dritte Morgenstunde höre ich schweren Geschützdonner von Norden über den Flusslauf des Strwiaz herübertönen. Bei Tagwerden kann ich zu Sambor vom Turm des Domes in nördlicher Ferne die Schrapnellwolken und die Rauchbäume der einschlagenden Granaten erkennen. Dieser Richtung hetzen wir in der Morgenfrühe zu. Auf den Wiesen und Brachfeldern weiden Pferde in so großen Scharen, dass man an afrikanische Wildherden denken muss. Ungarische Bataillone, die in Reserve stehen, üben wie auf dem Exerzierplatz die Bildung von Schwarmlinien. Aus der Richtung der Kampfstätte kommen die ersten Verwundeten. Deutsche und österreichische Sanitätsstationen stehen Wand an Wand. Überall gewaltige Kolonnenlager, ganze Städte von braunen Zelten. Eine deutsche Munitionskolonne rasselt vorüber; auf einer Protze sitzt einer, der die Musik lieb hat, und bläst unter dem Hopsen und Gerüttel des Wagens die kleine preußische Querpfeife. Ein Regiment österreichischer Ulanen lagert am Waldsaum neben einem russischen Massenfriedhof. Immer mehr Verwundete kommen, werden in Wägelchen herangefahren, auf Bahren herbeigetragen. Einem Honvedmann, der auf einer solchen Bahre liegt, tröpfelt das Blut von der linken Hüfte und vom linken Schienbein; sein Gesicht ist blass, aber ruhig; nur aus den zusammengezogenen Brauen redet der Schmerz. Ich streichle seine Hand, will reden mit ihm, doch er versteht meine Sprache nicht. Der Bahrenträger macht den Dolmetsch und übersetzt mir die Antwort des Verwundeten; er wäre das schon gewöhnt, im Herbst hätte er drei Schrapnellkugeln ins rechte Bein bekommen.

Und seht, hier gibt es einen blau gewordenen Frühlingswald! Die jungen Blätter sind grün, doch der ganze Waldboden ist graublau, ist dicht bedeckt mit ruhenden Soldaten und schimmert von Waffen, von zuckenden Sonnenlichtern und von tausend Mannsgesichtern — eine Wiener Brigade, die den Befehl zum Eintritt in den Kampf erwartet. Dann ist der Wald wieder braun und grau und scheckig von den großen Reiterschwärmen, von Ulanen und deutschen Dragonern, die in ungeduldigem Harren neben ihren ruhig äsenden Gäulen stehen.

Nirgends lässt sich ein freier Ausblick gewinnen. Der Kampfboden ist so hügelig und verwaldet, dass man auf jeder Höhe, die man erklettert, immer wieder einen neuen Wald, einen neuen Hügel vor sich hat. Dazu immer das flinke Tacken der Maschinengewehre, das Salvenrollen, die Schläge des Schrapnellfeuers, das Granatensausen und das Pfeifen der bleiernen Vögel — und nichts zu sehen, nichts, nichts, nur die wartenden Reserven im Wald und in den schützenden Talmulden. Der Himmel ist trüb geworden, und ein Gewitter, das über den unsichtbaren Russensack von Mosciska hingrollt, wirft einen Ausläufer seiner Regengüsse gegen uns her. Die Donnerschläge des Wetters und das Geschützdröhnen sind nimmer voneinander zu unterscheiden. Ein ungarisches Wägelchen, dem ich im Gehölz begegne, nimmt mich auf, um mich zum Divisionsstabe zurück zu bringen. Kaum sitze ich droben, droht das wacklige Vehikel bei der Fahrt in Scherben zu gehen und muss geflickt werden. Gott sei Dank, der Schaden ist wieder heil! Und nun beginnen die zwei feurigen Pferdchen ein so wildes Rasen, dass der kleine, schon schwer lädierte Wagen schließlich einen Purzelbaum über den Waldboden macht und wie ein Kartenhäuschen auseinanderfällt. Während ich mich zusammenklaube, tröstet mich der nette Ungar, der ein wenig Deutsch versteht, mit den freundlichen Worten: „Wagerl is bisserl schlecht, aber Pferde sind gutt! Sähr gutt!" — Wahrhaftig, ich bin ein großer Optimist. Aber dieser Ungar ist noch der größere.

Nach einer Stunde — es geht unter leichtem Schnürchenregen schon auf den Abend zu, — finde ich mich zurück zum Beobachtungsstand des Divisionsstabes. Wir sitzen unter einer Wolldecke, die man als Regenschirm zwischen vier Tannenbäumen aufspannte. Zu sehen gibt es auch hier nichts, alle Beobachtung läuft durch die Telefondrähte. Die Stimmung der Offiziere ist zuversichtlich, doch ernst. Der Angriff hat Raum erkämpft und ist vorgedrungen bis dicht vor das Drahthindernis der festen, seit langer Zeit schon vorbereiteten und durch Betonbauten geschützten Stellung des Feindes, der unter hagelndem Geschützfeuer in verbissenem Ringen standhält, weil der weiß, dass sein Bleiben oder Weichen das Schicksal der russischen Tausendscharen entscheidet, die noch an Przemysl hängen und im würgenden Sacke von Mosciska stecken. Tapfer sind die ungarischen Honvedbataillone vorgegangen; an den doppelt und dreifach geflochtenen Drahtsträngen der feindlichen Hindernisse versagten die Scheren; kühn versuchten die Braven, sich unter den Drahtgeflechten durchzuwühlen, und hier liegen sie nun in der sinkenden Dämmerung, gegen das russische Salvenfeuer nur halb gedeckt, und müssen die Finsternis erwarten, um vorwärts zu kommen.

Es dunkelt schon. Die Sorge der ernsten Stunde legt sich mir um Herz und Hals wie eine eiserne Faust. Der unsichtbare Boden, der da draußen liegt in der Nacht, wird blutig werden. Doch eine Hoffnung läutet in der Ferne; das ruhelose Dröhnen der Motormörser und der Zweiundvierziger bei Przemysl.

Früh am Morgen ist wieder die Sonne da, und das Aufatmen kommt. Dort oben, wo ich am Abend war, da geht es vorwärts, und durch den kostbarsten aller Drähte fliegt die Nachricht zu uns her, dass die Bayern bei Przemysl gründliche Arbeit machten und in der Nacht die westlichen Festungsköpfe sieghaft überrannten. Den Russen wird der Boden zu eng, sie weichen, sie müssen weichen, wenn ihre Niederlage nicht zu einer Katastrophe werden soll.

Fronleichnamsmorgen! — Reine Frühsonne umschimmert die vom Regen getränkte Erde. In allen Dörfern, durch die wir kommen, sehen wir marschierende Truppen, hastig ziehende Kolonnen und Scharen von großen und kleinen Mädchen, die weiß gekleidet sind, Blumensträuße tragen und die Zöpfe mit farbigen Bändern durchflochten haben. Die alten Bauern schreiten in langen, weißen, frischgewaschenen Leinenkitteln, die wie Silber glänzen und veilchenblaue Schatten haben. Und die roten, gelben, grünen und blauen Frauentrachten leuchten in so ungebrochenen Farben, wie sie auf Erden nur noch der Regenbogen und die blühende Wiese hat. In einem Dörflein sehen wir ein Gewirr von solchen Farben um die kleine Kirche herumgeschlungen gleich einem riesigen Feldblumenkranz, und während in dem Gotteshaus die Orgel und frommer Gesang ertönt, gucken auf der anderen Seite der Straße viele Pferdeköpfe kauend und wiehernd aus den Fensterhöhlen der verwüsteten Häuser. In der Sonne über den Strohdächern kreisen ruhigen Fluges zwei Störche, Männchen und Weibchen, die ihr Nest auf der Kirche haben.

Nach ernsten Gedanken kommt ein heiteres Lachen. Über der bucklerigen Ladung eines Trainwagens ist ein scharlachroter Plüschfauteuil aufrecht festgebunden, und auf diesem Thron — er scheint mir sicherer zu stehen als der italienische — sitzt gemütlich ein Feldgrauer, schmaucht mit Behagen seine kurze Holzpfeife und ist dabei in die Lektüre der „Jugend“ vertieft.

Das fröhliche Idyll wird abgelöst durch schmetternde Marschmusik und durch das lebhaft bewegte Soldatenbild von Dobromil. Zwei deutsche Regimenter, neu ausgerüstet von der Stiefelsohle bis zur Helmspitze, ziehen an uns vorüber. Sie wissen schon, was in der Nacht geschah, und singen die Macht am Rhein und winken und schreien Hurra. Einer ruft mir zu: „Pärzemissel is gefallen, hol's der Deibel, wir gommen zu spät um eenen Daach!" Ich tröste: „Mit geht es auch nicht besser!" Zeuge des tapferen Bayernkampfes kann ich nimmer sein, nur noch Zeuge des vollendeten Sieges.

Wir erreichen eine lange, völlig öde Straße. Kein Mensch, kein Roß und kein Wagen ist auf ihr zu sehen — es ist die Straße, die am verwichenen Abend noch unter russischem Feuer stand. Wir sind die ersten, die sie befahren, seit am Morgen über dem Wasserlauf des Wiar drüben die feindlichen Geschütze verstummten und die Russen aus ihren Stellungen entwichen.

Nun kommt ein großes, rotbraunes Schuttfeld. Das war die Ortschaft Hermanowice. Da steht kein Stein mehr auf dem anderen, alles ist in Schutt und Brocken durcheinandergeschüttelt. Hier wird es nun auch lebendig auf der Straße. Wir begegnen einer Gruppe von Generalen und Stabsoffizieren, und die Graublauen, mit grünen Zweigen auf den Kappen, marschieren in langen Zügen gegen die von den Russen verlassenen Stellungen empor. In östlicher Richtung stehen die Rauchsäulen großer Wände am Himmel, und zwischen ihnen hängen die Schrapnellwolken wie weiße Watteflocken in der Luft. Aber das ist schon so ferne, dass man den Kanonendonner nur noch als mattes Murren zu hören vermag.

Weit vor uns, hinter dichten Baumgruppen funkeln in der Sonne die Kirchturmspitzen der wiedergewonnenen Stadt. Und rechts auf einem Hügel und links auf einer Höhe sieht man Bauten von widersinnigen und zerrupften Formen; die Festungswerke, die in der Nacht von unseren Geschützen zerrissen, von unseren Tapferen erstürmt wurden.

Jetzt kommen wir zu einem dichten Labyrinth von Drahtgeflechten, die sich zu beiden Seiten der Straße entlang den gescharteten Wällen gegen die Festungshügel emporziehen. In diesen Drähten baumeln viele Hunderte von Glocken, die zur Nachtzeit warnen sollten vor dem anrückenden Feind. Nun hängen sie in der friedlichen Sonne unbeweglich da und sind ohne Laut, ein Gleichnis der hohlgewordenen Ohnmacht, die von hier entwich.

Beim Straßenkopf, dessen Barrikaden jetzt offen stehen, schmücken wir unseren Wagen mit Frühlingsblumen, und dann fahren wir in stiller Freude an sieben großen Geschützen vorüber, die der Feind auf der Straße zurücklassen musste, als er Reißaus nahm.

Je näher ich der Stadt komme, umso heißer beginnt ein großes Glücksgefühl in mir zu brennen. Wie viel Sorge haben wir alle um diese Stadt getragen! Wie viel Stolz ist in uns gewesen, so oft wir das beharrliche Heldentum ihrer Besatzung von neuem bewiesen sahen! Und wie schwer hat uns ihr Fall getroffen! Und nun ist diese Stadt dem Feinde wieder abgerungen, ist wieder unser, ist zur Prophezei geworden, in der die Steine reden von der Erfüllung unseres Sieges!

Was kümmert's mich, ob ich die gleiche Freude, die mich selbst erfüllt, auch in den Augen der anderen finde oder vermisse! Die vielen, die sich jetzt so wunderlich still verhalten und so unbeteiligt aus den Fenstern gucken, mögen seit dem Einzug der Russen neun harte Wochen durchgemacht haben, mit Nächten, in denen sie schlaflos darüber nachsinnen mussten, wie sie ihr Leben retten, ihr Gut beschützen, ihre Verschleppung verhüten und ihr Haus vor der Plünderung bewahren könnten. Jener optimistische Ungar, der das Wagerl als schlecht, aber die Pferde als gut bezeichnete, würde vielleicht sagen: „Du irrst dich! Diese Stadt ist glücklich über die Heimkehr zu Österreich. Soll ich es dir beweisen? Siehst du dort die alte ruthenische Bäuerin? In ihrem Gesicht ist ehrliche Freude, in ihren Augen ist Glück und Glanz. Und so oft sie einen gewahrt, der die graublaue Kappe mit der österreichischen Kokarde trägt, fängt sie zu lachen und zu weinen an, verbeugt sich tief und berührt mit den Fingerspitzen die Erde!“ — Mögen Neunundneunzig still und verschüchtert herausschauen aus ihren Haustüren und Fenstern — diese alte Bäuerin zählt für das ganze Hundert.

Nun ein Brausen von vielen Stimmen. Das ist kein Viktoriarufen, kein grüßender Jubel. Es ist ein Soldatenlied, das ich kenne und seit den ersten Augusttagen hundertmal hörte:

> „In der Heimat, in der Heimat,
> Da gibt's ein Wiedersehn!“

Und so oft ich es hörte — zum letzten Mal vor wenigen Tagen in der Bukowina — immer rief es etwas Schönes und Starkes wach in mir. Aber nie noch hat es so tief auf mich gewirkt, wie jetzt in dieser Stunde einer sieghaften Erlösung.

Alle Straßen sind dicht erfüllt mit Graublauen und Feldgrauen. Bataillone eines österreichischen Korps und preußische Reserven sind schon am Morgen eingerückt, und man erzählt mir, dass sie herzlich begrüßt wurden; besonders unsere Schwestern vom Roten Kreuz und die paar hundert halbgenesenen Österreicher, die von den Russen nach der Einnahme der Festung im Garnisonsspital belassen und bei der hastigen Flucht in der vergangenen Nacht vergessen wurden, sollen gejubelt haben, dass sie heisere Stimmen bekamen. Auch der Divisionsstab der Bayern und eines von ihren Regimentern ist schon da. Und jetzt kommen die anderen nachmarschiert, alle verstaubt und lehmschmutzig, in verbrauchten Uniformen, mit müden, erschöpften Gesichtern, doch alle mit frohen Augen, alle mit grünem Eichenlaub um die Helme herum.

Ihr glückseligen Männer und Jungen! Wir Alten ohne Verdienst, wir dürfen es nur sehen an euch, dürfen es nicht fühlen in uns selbst, was das bedeutet: Sieger sein und unter dem Eichenlaub einzuziehen in eine Stadt, die man dem Feind entrissen!

Doch viele, die noch gestern bei euch waren? Wo sind sie heute? Bei dieser stummen Frage, die keine Antwort findet, wird man ernst in seiner Freude und nimmt die Kappe herunter.

Immer neue Soldatenzüge klirren in die Stadt herein, Reiter mit wehenden Fähnchen an den Lanzen, österreichische Dragoner und ungarische Husaren, rasselnde Geschütze und knatternde Kolonnenreihen. Von der Menge der Truppen und Wagen stauen sich alle Straßen voll. Und wo in der schwülen Mittagssonne nur ein bisschen Schatten ist, da legen sich die Müd gewordenen auf das Pflaster hin und warten geduldig, bis an sie die Reihe kommt mit Quartier und Kost.

Eine dichte Menge von Graublauen und Feldgrauen sieht in fröhlicher Neugier vor einer Villa, deren Fensterscheiben zerschmettert sind. Heiter schwatzend gucken die Soldaten nach diesem Haus, und immer deuten und lachen sie.

In dieser Villa wohnte gar Nikolaus, als er Przemysl besuchte, der „eroberten" Stadt einen neuen Namen gab und sie „für immer und ewig" der russischen Krone einverleibte.

Am Fronleichnamstage von 1915 ist aus der alten Krone des Zarenreiches ein neuer Rubin herausgefallen, der da nicht haften wollte, obwohl der blasse Goldschmied ihn einkittete mit dem Blute von hunderttausend Kinderchen seines Volkes. Das Blut der Geduldigen, die sterben müssen auf Befehl, ist eine schwächliche Flüssigkeit. Sie klebt, doch sie bindet nicht. Jene Kraft, welche Wunder wirkt, wohnt nur im heiligen Opferblut des Treuen, der sterben will, wenn es die Freiheit und das Leben der Heimat gilt.

Diese Wahrheit wird zu seinem Schaden auch noch ein anderer fühlen müssen — quel picolino"! zu Deutsch: „Der putzige Knirps da drüben!"

Den sah ich einmal, vor Jahren, in Venedig. Da fuhr er mit seinem „hohen Verbündeten" in der Gondel. Erst sah ich nur unseren Kaiser. Sonst nichts. Und drum fragte ich einen von den Vivatschreiern: „Welches ist denn euer König?"

Der Venezianer lachte ein bisschen spöttisch und deutete mit dem Finger:

„Quel piccolino!"

Auch die Weltgeschichte und das Weltgewissen haben deutende Finger. Nur lachen sie nicht wie ein Venezianer.

Über Ludwig Ganghofer und die Durchbruchsschlacht von Gorlice-Tarnow – ein Nachwort von Jill Marc Münstermann

Der bekannte deutsche Schriftsteller und Kriegsberichterstatter **Ludwig Albert Ganghofer** erblickte als Sohn eines Oberförsters am 7. Juli 1855 in Kaufbeuren das Licht der Welt. Nach seiner Schulzeit arbeitete er ein Jahr lang als Schlosser, ehe er zwischen 1875 und 1879 zunächst Maschinentechnik und dann Philosophie und deutsche Philosophie in München, Berlin und Leipzig studierte, wo er 1879 schließlich promovierte.

Er fand eine Anstellung am Ringtheater in Wien, die im Dezember 1881 endete, als selbiges niederbrannte. Danach verdingte sich Ganghofer als freier Schriftsteller.

Im Folgejahr heiratete er die Sängerin und Schauspielerin Catharina Engel, mit der er vier Kinder zeugte (*1883, *1886, *1890 und *1890). Zwischen 1886 und 1892 arbeitete er als Redakteur beim Neuen Wiener Tagblatt.

Im Jahr 1893 zog Ganghofer nach München, wo er vier Jahre später die *Münchner Literarische Gesellschaft* gründete. Auch trat er als Filmregisseur in Erscheinung.

Als der Erste Weltkrieg ausbrach, entschied Ganghofer, jeden Tag ein patriotisches Gedicht zu schreiben. Im Auftrag des deutschen Kaisers, der als enger Freund und Förderer Ganghofers galt, wurde er Kriegsberichterstatter. Seine Frontberichte heroisieren die eigene Truppe, sehen über die Schattenseiten des Krieges aber gerne hinweg.

Als Deutschland den Krieg verlor, spielte Ganghofer, von der Niederlage tief getroffen, mit dem Gedanken sich zu erschießen. Seine militaristischen Werke brachten ihm in Schriftstellerkreisen zudem viel Kritik ein. Er starb schließlich am 24. Juli 1920 in Tegernsee.

Ludwig Ganghofer galt stets als technisch interessiert und vielseitiges Talent. Er bleibt der Nachwelt als Kriegsberichterstatter und Heimatliterat in Erinnerung. Seine Berichte aus dem Krieg sind von glühendem Patriotismus geprägt, so auch das vorliegende Buch, welches erstmals im Jahr 1915 unter dem Titel *Die Front im Osten* erschienen ist.

Die **Durchbruchsschlacht von Gorlice-Tarnow** stellte einen Wendepunkt in den Beziehungen zwischen den deutschen und den k. u. k. Truppen dar. Die Streitkräfte der Doppelmonarchie waren durch das äußerst verlustreiche Kriegsjahr 1914 mit nur überschaubaren Erfolgen geschwächt und offensichtlich unzureichend ausgestattet und ausgebildet. Im Frühjahr 1915 erlitten sie in den Karpaten abermals horrende Verluste.

Dies veranlasste die deutsche Oberste Heeresleitung (OHL) dazu, die strategische Planung für die Truppen der Mittelmächte auch im Südabschnitt der Ostfront zu übernehmen, um Österreich-Ungarn durch militärische Erfolge zu stützen. Die k. u. k. Truppen wurden damit faktisch zum Juniorpartner herabgestuft; deutsche Offiziere und teilweise sogar Unteroffiziere wurden in ihrer Kommandostruktur installiert.

Für einen konzentrierten Vormarsch bei Gorlice-Tarnow wurden die deutsche 11. Armee und die österreichisch-ungarische 4. Armee unter dem Kommando von Generaloberst August von Mackensen vereint. Zusätzliche Truppen wurden von der Westfront abgezogen, um sie zu verstärken. Dennoch blieben die Mittelmächte den russischen Verbänden zahlenmäßig deutlich unterlegen.

Am 1. Mai 1915 begann nach mehrstündigem Artilleriefeuer der Angriff. Auf einer Breite von 16 Kilometer gelang es den deutschen und österreichisch-ungarischen Streitkräften, vier Kilometer tief durch die russischen Stellungen zu stoßen. Nach drei Tagen erreichte die vorrückende Infanterie das befestigte Abwehrsystem der Russen und zwang sie auf breiter Front zum Rückzug. Dieser erste große strategische Durchbruch gegen ein befestigtes Grabensystem im Ersten Weltkrieg ermöglichte es den Mittelmächten, die Front um rund 100 Kilometer zu verschieben und am 22. Juni 1915 Lemberg zu erobern. Bereits zuvor, Anfang Juni 1915, vermochten bayrische Kräfte die Festung bei Przemyśl zurückzuerobern, die zuvor nach zweimaliger Belagerung von den Russen gegen Österreich-Ungarn erobert worden war.

Die russische Armee, die sich weit ins Landesinnere zurückzog, wandte nach dem Vorbild der napoleonischen Kriege die Taktik der *verbrannten Erde* an. Oft zahlte die Zivilbevölkerung für dieses Vorgehen den Preis. Da der Rückzug völlig unorganisiert und ungeplant verlief, wurden Gebäude und Brücken wahllos zerstört, Tiere getötet und Lebensmittelvorräte vernichtet. Auffällig häufig wurden jüdische Dörfer geplündert. Unmut machte sich unter den hungernden russischen Soldaten breit, wenn sie auf Lebensmittelvorräte stießen, die andere russische Einheiten angezündet hatten.

Seit dem Winter 1914/15 war der Material- und Lebensmittelmangel in der russischen Armee offensichtlich geworden. Ganze Bataillone mussten ohne Gewehre ausgebildet werden. An der Front ordneten die Offiziere an, sich auf zehn Schuss am Tag zu beschränken, weil keine Munition mehr vorhanden war. Die katastrophale Planung und Organisation, gepaart mit dem unmenschlichen Führungsverhalten der befehlshabenden Kommandeure, erschütterte die Loyalität der Russen gegenüber dem Zaren und seiner Regierung. Als 1915 der Vormarsch der Mittelmächte in den Tiefen des russischen Raums im Schlamm stecken blieb, war die russische Armee auf ein Drittel ihrer Stärke im Vergleich zum Beginn des Krieges geschrumpft. Nicht nur in der Armee, sondern auch in den Familien der Soldaten verbreitete sich die Überzeugung, dass die Regierung völlig versagt hatte. Aber die Soldaten waren immer noch bereit, für ihren Zaren zu sterben. Dies sollte sich in den nächsten zwei Jahren grundlegend ändern.

Karte von Westgalizien

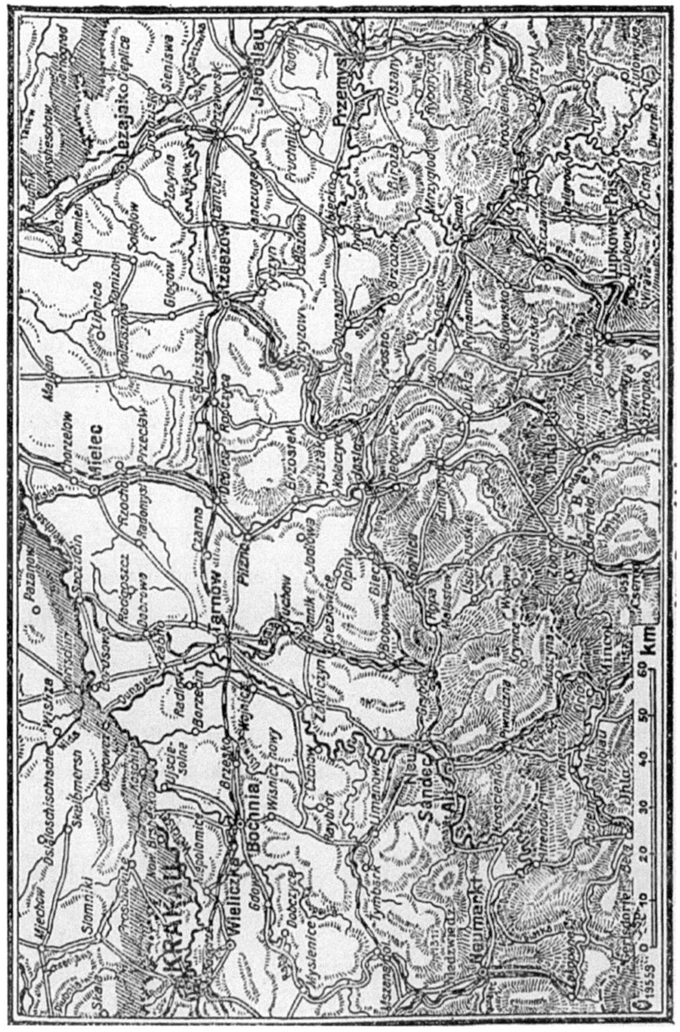

Ihre Zufriedenheit ist unser Ziel!

Liebe Leser, liebe Leserinnen,

hat Ihnen unser Buch gefallen? Haben Sie Anmerkungen für uns? Kritik? Bitte zögern Sie nicht, uns zu schreiben. Wir werden jede Nachricht persönlich lesen und beantworten.

Schreiben Sie uns: info@ek2-publishing.com

Wussten Sie schon, dass Sie uns dabei unterstützen können, deutsche Militärliteratur sichtbarer zu machen? Bitte nehmen Sie sich einen Moment Zeit und bewerten Sie dieses Buch auf Amazon. Viele positive Rezensionen führen dazu, dass das Buch mehr Menschen angezeigt wird.

Sie können somit mit wenigen Minuten Zeitaufwand unserem kleinen Familienunternehmen einen großen Gefallen tun. Vielen Dank für Ihre Unterstützung!

PS: In seltenen Fällen kommt ein Buch beschädigt beim Kunden an. Bitte zögern Sie in diesem Fall nicht, uns zu kontaktieren. Selbstverständlich ersetzen wir Ihnen das Buch kostenlos.

Entdecken Sie spannende Bücher von EK-2 Militär

Link: https://www.amazon.de/EK-2-Milit%25C3%25A4r/e/B09P8BFRN5?ref=sr_ntt_srch_lnk_1&qid=1646303631&sr=8-1

GEORG RITTER VON TRAPP
AUF FEINDFAHRT
MIT SM U 5
WELTKRIEGS-THRILLER AUS DER FEDER EINES
ÖSTERREICHISCHEN K.U.K. U-BOOT-KOMMANDANTEN

Auf Feindfahrt mit SM U 5 – Klappentext

Frühjahr 1915. Der Erste Weltkrieg tobt in ganz Europa und hat auch die Balkanstaaten und den Mittelmeerraum erfasst. Der Autor dieses Romans, Georg Ritter von Trapp, übernimmt zu dieser Zeit das Kommando über das U-Boot *S.M. U 5* der österreichisch-ungarischen Kriegsmarine, das im kroatischen Šibenik vor Anker liegt. Die Franzosen greifen mit aller Macht nach Montenegro, und so liegt es an Trapp und seinen Kameraden, den Gegner abzuwehren. *U 5* läuft aus, und befindet sich bald schon im tödlichen Ringen mit französischen Panzerkreuzern und italienischen U-Booten.

„Auf Feindfahrt mit SM U 5" ist ein spannungsgeladener und erschütternder Roman, der Trapps Zeit als Marineoffizier im Ersten Weltkrieg nachzeichnet und damit dem Leser ein realistisches Bild vom Kampf ums Mittelmeer liefert – **wer könnte besser über die U-Boot-Einsätze schreiben als jemand, der sie mitgemacht hat?**

Georg Ritter von Trapp befehligte später noch das französische Beuteboot *Curie*, ehe er den Befehl über die U-Boot-Station in Kotor, Montenegro, übernahm. Auch diese Erlebnisse verarbeitet er in seinem umfangreichen Roman.

Die U-Bootwaffe steckte Anfang des 20. Jahrhunderts noch in den Kinderschuhen, entsprechend primitiv waren die Boote, mit denen der Krieg zur See ausgetragen wurde. Den Preis dafür zahlten die U-Boot-Fahrer. Von der Propaganda gefeiert, kehrten viele von ihnen nicht von ihren gefährlichen Feindfahrten zurück.

Originalwerk: Die Front im Osten, Ludwig Ganghofer

Erstmals erschienen bei: Ullstein
Berlin-Wien, 1915

Vollständig überarbeitete Ausgabe.
Ungekürzte Fassung.

Eine Veröffentlichung der EK-2 Publishing GmbH

Friedensstraße 12, 47228 Duisburg
Registergericht: Duisburg, Handelsregisternummer: HRB 30321
Geschäftsführerin: Monika Münstermann

info@ek2-publishing.com
www.ek2-publishing.com

Entstanden in Zusammenarbeit mit dem Klarwelt Verlag

www.klarweltverlag.de

Cover-Artwork: Kayla Pelgrim
Autor: Ludwig Ganghofer
Korrektorat: Jill Marc Münstermann

Alle Bilder stammen aus der Originalausgabe. Die Bilder in der historischen Einordnung stammen aus Jill Marc Münstermanns Privatarchiv

1. Auflage, März 2022
ISBN Taschenbuch: 978-3-96403-216-4, ISBN Hardcover: 978-3-96403-215-7